Heiße Spur im Wüstensand

Heide Weber

für

Felicia

Marie-Luise

Amelie

Gero

Josias

Friedrich

Konrad

Camill

Heiße Spur im Wüstensand
erschienen   7-2014, 1. Auflage
Verlagshaus Schlosser, 86316 Friedberg
Alle Rechte vorbehalten
Text: Heide Weber
Umschlag, Layout & Druck: Verlagshaus Schlosser
ISBN: 978-3-86937-583-0
€ 12,90

Heiße Spur im Wüstensand

von

Heide Weber

Wissenswertes

Sahara Größte Trockenwüste der Erde, von der Atlantikküste bis zum Roten Meer, etwa 5000 km breit, Nord–Südausdehnung bis 2000 km; extreme Temperaturunterschiede zwischen Tag und Nacht (von 60 auf 30 Grad), weil die Tageshitze nicht durch eine Wolkenschicht festgehalten wird, sondern ungehindert in den Nachthimmel aufsteigt. Von dort fällt dann sehr kalte, trockene Luft auf die Erdoberfläche. Kalte, fallende Passatwinde erwärmen sich und nehmen dabei alle Feuchtigkeit am Boden auf, zerteilen sie, keine Wolken mehr. Im Winter Minusgrade, besonders im Gebirge; Felswüste (*Hamada*), Kies-/Geröllwüste (*Serir*), Sandwüste (*Erg*) nur 20% der Sahara. Aus Fels wird Sand durch Reibung. Wind, Wasser. Starke Temperaturwechsel sprengen Gestein, zerkleinern es.

Düne vom Wind angewehte Erhebung aus Sand; an der Luvseite (der Windseite) langsam ansteigend, an der Leeseite (vom Wind abgewandt) steiler abfallend; Weht der Wind nur aus einer Richtung, wandert sie (Wanderdüne).

Schesch Kopfbedeckung der Tuareg, Turban, 6–10 m langer Schal, der um den Kopf gewickelt wird, meist nur die Augen frei, Schutz vor Sonne und Sand. Man sagt, dann schlüpfe nicht so schnell ein falsches Wort hinaus. Blaue Indigofarbe färbt oft auf die Haut ab. Deshalb schimmert sie manchmal bläulich; „Blaue Ritter der Wüste"

Tuareg stolzer Stamm von Nomaden. Immer mehr werden sesshaft, weil Weidewirtschaft und Karawanenhandel sich nicht mehr lohnen.
Tuareg=Plural, Targi=Singular männl., Targia= Sing. weibl., Targiat=Pl. weibl.

Fata Morgana täuschende Luftspiegelung durch unterschiedlich heiße Luftschichten

Nomaden wandernde Hirten, ziehen dorthin, wo sie für ihre Tiere Futter und Wasser finden.

Wadi ausgetrocknetes Flussbett, seltene Wasserführung, dann, wenn es in den angrenzenden Bergen geregnet hat, an den Rändern oft Büsche oder Bäume

Karawane Nomaden; als Händler transportieren sie auf ihren hintereinander ziehenden Kamelen Güter, verbinden die Oasen, handeln, tauschen, kaufen dort die Produkte der Oasenbewohner. Neue Straßen und moderne Verkehrsmittel verdrängen sie immer mehr.

Mehari Kamel bei den Tuareg (Dromedar, in arabischen Ländern, Afrika)

Oase „Grüne Insel" im Wüstenmeer; Grundwasseroase, Quelloase, unterirdische Wasserleitung von einer Quelle aus der Ferne, z.B. aus dem Gebirge; Gärten, Felder, Anbau von Korn, Gemüse, Dattelpalmen, Handel mit Nomaden

„Singende Dünen" seltsame, brummende, rauschende Töne, die von kleinen oder größeren Sandlawinen durch Reibung von besonders trockenen Sandkörnern auf der Leeseite einer Düne erzeugt werden können. Oft laut und über mehrere Kilometer zu hören, erst vor wenigen Jahren von französischen Wissenschaftlern erforscht. Früher glaubte man dabei an Gespenster. Manchmal bis 10 km weit zu hören.

Das Kamel ist ein Wunderwerk der Anpassung an die Natur.

Nomaden verwenden alles: Fleisch, Knochen, Wolle, Fett, Hufe, Zähne, Dung.

Wimpern und Haarbüschel im Ohr: schützen vor Sand

Nüstern (Nase): verschließbar

gespaltene Oberlippe: verhindert Verletzung beim Abreißen des Kameldorns

Brustbein, Knie: dicke Hornschicht schützt beim Hinsetzen

Körpertemperatur:
nachts: 34°C
tags: 40°C

Höcker: Fett- und Energiespeicher (kein Wasserspeicher!)

Fell: hell, hitzeabweisend

Passgang: gleichzeitig Vorder- und Hinterbein einer Seite = Schwanken "Wüstenschiff"

Kot: sehr trocken, Brennmaterial

Urin: konzentriert 1 l/Tag, desinfiziert

Milch: sehr nahrhaft, Vitamin C

Sohlenpolster: elastisch, verhornt, verhindert Einsinken in Sand, schützt vor spitzen Steinen

∩ Höcker
∩∩

— Dromedar
⌒⌒ Trampeltier

KAMEL

= arabisches Kamel, Afrika, Arabien

= asiatisches Kamel in kälteren Trockengebieten Asiens

Inhaltsverzeichnis

1. In die Wüste — 10
2. Unheimliche Vorboten — 12
3. Mit Volldampf in die Wüste — 14
4. Endlich am Ziel — 18
5. Plötzlich fällt die Nacht herein. — 22
6. Fladen aus dem Sand! — 29
7. „Die Wüste lebt." — 31
8. „In der Wüste ertrinken mehr Menschen als verdursten." — 34
9. Heimkehr der Karawane — 38
10. Unheimliche Laute um Mitternacht — 48
11. Schreck in der Morgenstunde — 49
12. Grüne Sahara — 50
13. Geheimnisvolle Entdeckung — 56
14. Nächtlicher Aufbruch — 62

15. Heiße Spur im Sand	64
16. Heimkehr	68
17. Angst vor den Banditen	73
18. Überfall	78
19. „Kamelmilch nicht für mich!"	80
20. Gefahr aus dem Sand	84
21. Seltsame Ladung	87
22. Todesangst in der Höhle	92
23. Wie alles kam	98
24. Nicht so stürmisch, junger Mann!	102
25. Leichtsinn in den Dünen	110
26. Der letzte Abend	114
27. „Wir kommen wieder."	118

In die Wüste

„Bitte anschnallen, wir fliegen durch eine dicke Wolkenschicht", sagt der Pilot aus dem Cockpit an. Josias und Amir fassen sich ängstlich an den Händen. Das haben sie noch nie erlebt. „Wenn wir nun abstürzen!"
Die beiden Zehnjährigen sind beste Freunde, aber ihre Väter auch. Und so haben sie im Herbst beschlossen, in den Weihnachtsferien in die große afrikanische Wüste Sahara zu fliegen. Dort wurde nämlich Amirs Vater Osman geboren. In der Wüste, in einem Zelt, denn seine Familie gehört dem Stamm der Tuareg an.
Josias ist ziemlich aufgeregt. Ein wenig Angst hat er vor all dem Fremden auch, denn Amir hat ihm schon viel Abenteuerliches erzählt.
Bei der Landung auf dem kleinen Flugplatz der Wüstenstadt Tamanrasset rumpelt es ordentlich, aber sie kommen heil an. Sie sind erleichtert.

Nun geht alles sehr schnell. Sie verlassen das Flugzeug durch einen langen Tunnel und eilen mit ihren Vätern zur Gepäckausgabe, wo das Laufband schon die ersten Gepäckstücke ausspuckt.
„Da kullert schon mein blauer Rucksack", ruft Josias vor Freude aus. „Gut, dass wir die Isomatte fest mit ihm verschnürt haben." Dann kommt Osmans Riesenrucksack.
Oh, und da liegt ein halb offener Koffer, aus dem zwei blaue Strümpfe herausbaumeln. Wer weiß, was da schon alles irgendwo hängen geblieben ist.
Endlich sehen sie auch den braunen Rucksack von Josias` Vater Friedrich. Doch wo bleibt der von Amir? Sie warten. Er

muss doch endlich kommen. Das Laufband wird immer leerer. Es sind nur noch wenige Wartende da. Die letzten gehen. Aber kein grüner Rucksack ist in Sicht. Auch die Väter werden schon unruhig.
Amir schießen schreckliche Gedanken an alle die Dinge durch den Kopf, die er eingepackt hat und die er dringend braucht. Die Taschenlampe, seine Kamera, die Turnschuhe.
Sollte er ohne Schlafsack auf dem Boden liegen? Er hätte am liebsten laut geflucht, ja sogar geheult.
Doch da öffnet sich die Klappe noch einmal. Der grüne Rucksack!

Nun kann die Abenteuerreise beginnen.

Unheimliche Vorboten

Am Eingang steht auch schon ein Mann mit einem Turban auf dem Kopf. Amir stürzt auf ihn zu, und sie umarmen sich. Es ist sein Onkel Tarek, ein Bruder des Vaters.
Die Freude ist riesig, als sich alle begrüßen.
„Mein Jeep wartet schon vor dem Eingang auf euch."

„Buh, ist es hier warm", stellt Josias fest. Beide ziehen nun ihre dicken Pullover aus, die sie in Deutschland noch gebraucht haben. Jetzt reichen das T-Shirt und die Jacke.

Doch bevor sie einsteigen, schaut der Onkel die beiden Jungen an. „So, mit den Kappen, könnt ihr aber nicht in die Wüste zu Großvater gehen. Richtige Tuareg haben einen Schesch auf dem Kopf. Schaut, wie ich. Wenn ein richtiger Wind aufkommt, dann fliegen eure Schildmützen gleich hoch in die Luft. Und ihr habt nichts auf dem Kopf. Die Sonne brennt heiß, und euer Gehirn trocknet aus. Wollt ihr das?"
Nein, natürlich nicht.

Der Jeep startet mit lautem Geheul, saust los und hält vor einem kleinen Laden mit offener Tür am Rande der Stadt. Davor flattern bunte Kleider und Tücher an einer Stange.
Als sie hineingehen strömt ihnen ein eigenartiger, süßlicher Duft entgegen.
„Ein echter orientalischer Laden", findet Vater Friedrich.
Er ist vollgestopft mit lauter seltsamen, geheimnisvollen Dingen, Fläschchen, Töpfen, Kräuterbündeln, hängenden Beuteln, gespenstischen Wurzeln, getrockneten Ziegenfüssen, Kamelzähnen, vielen Gebissen, Stoffen, Knochen.

Und da! Die starren Glasaugen eines ausgestopften, hundeartigen Tieres glotzen sie scharf und bedrohlich an. Das könnte ein Schakal sein oder eine Hyäne. Und hier steht ein Gefäß mit einer kleinen Schlange in einer wässrigen Flüssigkeit, Alkohol oder Spiritus. Daneben, das müssen eingelegte Skorpione sein. Josias bekommt es mit der Angst zu tun. Wird er allen diesen furchterregenden Dingen in der Wüste begegnen?

Der Verkäufer legt einen Stapel mit Tüchern auf den Tisch. „Das sind alles Tuareg-Farben", schwarz, dunkelblau, hellblau, weiß. Josias sucht sich ein hellblaues aus. Sein Vater nimmt ein dunkelblaues, ein indigofarbenes, das die Sonne, die Wärme, am wenigsten durchlässt. Die meisten Tuareg tragen einen solchen blauen Turban. Die Jungen werden es später sehen.
Und schon windet der Onkel es Josias um den Kopf. Ganz schön lange dauert es, bis 3 Meter Stoff auf dem Kopf verarbeitet sind und fest sitzen.
Wie lustig er aussieht, der Josias! Man kann ihn fast nicht mehr erkennen, denn ein Streifen geht auch quer über Mund und Nase.
„Du wirst schon noch sehen, warum das gut ist. Außerdem siehst du jetzt aus wie ein echter Targi!" „Targi? Was ist denn ein Targi?" Das will Josias nun wissen. „Wenn du ein schlaues Kerlchen bist, dann findest du es selbst heraus". Damit gibt Amir seinem Freund ein schwieriges Rätsel auf:
„Also: Jetzt bist Du ein Targi, und ich bin ein Targi. Wir beide zusammen sind Tuareg!" „Nicht nur wir beide! Die anderen sind es auch!!" triumphiert Josias. So schnell kann ihn sein Freund nicht hereinlegen.

Mit Volldampf durch die Wüste

Die Fahrt geht weiter. Zunächst über eine Asphaltstraße, dann biegen sie ab auf eine Sandpiste. Sie wird immer schmaler, bis da nur noch lauter Radspuren sind, die kreuz und quer in alle Richtungen laufen. Woher weiß der Onkel nur, welcher Spur er folgen muss? Es ist abenteuerlich.

Die Sonne steht hoch am Himmel und brennt auf sie herab. Den Jungen wird so heiß, dass sie ihre Jacken ausziehen. Später werden sie feststellen, dass sie ihre Arme aber immer bedeckt haben müssen, weil die Sonne sehr aggressiv ist. Schlimmer Sonnenbrand würde sie quälen, denn sie sind hier dem Äquator so viel näher. Sie sind doch in der Sahara, der größten Wüste der Erde.

Es ist eine aufregende Fahrt. Bald ziehen sie eine riesige Staubfahne hinter sich her. Das Auto ist total eingestaubt. Wäre prima zum Bemalen.
Der Onkel dreht den Motor immer wieder hoch auf, saust, fährt Schlangenlinien, um dicken Steinen auszuweichen. Gleich passiert es, gleich kippen sie um! Nein, doch nicht! Es ist wie ein Rausch. Weiter, weiter.

Als sie in eine ebene Sandfläche fahren, macht es „bäng", und das Auto steht. Was ist los? Sie steigen aus. Der Onkel hebt die Kühlerhaube hoch und sucht nach dem Fehler. „Das kenne ich bestens, aber meistens kann ich das Auto bald wieder flottmachen".
Jetzt ist es nur ein gerissenes Kabel, das er schnell zusammenflicken kann.

Als alle wieder im Auto sitzen, Onkel Tarek den Motor anwirft, drehen die Räder im Sand durch und wühlen dabei immer tiefere Löcher. Auch das noch! Alle springen hinaus und schieben, doch sie schaffen es nicht.
„Die Sandleitern!", ruft Omar. Ohne sie fährt nämlich niemand in die Wüste. So wird je eine dicht vor jedes Rad geschoben.
Nun startet der Onkel erneut, und alle sind erleichtert. Die Räder kommen über die Leitern ins Rollen und fahren langsam weiter. Schnell werden sie geschnappt, und die Mannschaft springt ins anfahrende Auto.

„Wann sind wir denn endlich da?" will Josias wissen, denn nun knattern sie schon fast drei Stunden durch diese wilde Gegend.
„Wie kann Onkel Tarek immer noch genau wissen, wo es lang geht?", fragt sich Josias. Er kann es sich nicht vorstellen, denn sie fahren schon lange ohne jede Markierung und Navi. Es hat sicher Spuren gegeben, aber die haben Sandstürme längst verweht.

Plötzlich sehen sie weit entfernt schwarze Zelte und Kamele. Da sind auch ein paar hohe Palmen, und sogar Wasser schimmert davor. Sind sie am Ziel? Endlich. Da ruft ihnen Tarek zu: „Da, seht, eine Fata Morgana! Man sieht sie nicht oft hier."
Ach, ist leider nur eine Luftspiegelung, ein Flimmern, das durch die heiße Luft über dem Boden entsteht. Als sie näher kommen, löst sich alles wie ein Hirngespinst auf. Keine Zelte, keine Kamele, kein Wasser.

Aber bei den Jungen meldet sich Durst. Zum Glück haben sie für Wasser gesorgt. Sie nehmen einen kräftigen Schluck aus ihren Trinkflaschen.

Und weiter geht die sausende, aufregende Fahrt.
Da entdeckt Josias etwas, das ihn aufschreckt: ein großes Gerippe, halb im Sand verweht und ein Schädel, wohl von der Sonne verblichen, lange geborstene, verwitterte Röhrenknochen, daneben mit kleinen Steinen ein Viereck gelegt, so groß, wie ein schmaler Tisch. Ein Grab vielleicht? Ein Toter am Wegesrand? Und das Skelett!

Onkel Tarek fährt langsamer, denn nun muss er erklären: "Vor vielen Jahren fand man hier einen Targi, tot. Er musste verdurstet sein, denn sein Kamel lag getötet neben ihm. In seiner Not hatte er sicher gehofft, sich mit dem Blut des Kamels noch retten zu können, aber er war wohl zu schwach und verdurstete.
Als man ihn an dieser Stelle fand, wurde er hier begraben.
Ihr seht einen kleinen Blechnapf am Rand. Jede Karawane, die vorbei kommt, schüttet ein wenig Wasser hinein in Ehrfurcht und Dankbarkeit und in der Hoffnung, dass ihnen dies nicht geschieht.
„Wasser ist Leben" ist eine uralte Weisheit in der Wüste.

Das fängt ja gut an, denkt Josias. Wenn das so weitergeht? In Gedanken ziehen die seltsamen Dinge in dem kleinen Laden heute Mittag noch einmal an ihm vorbei.

War es wirklich richtig, dass er mit in die Wüste gereist ist?

Endlich am Ziel

Nun dauert es nicht mehr lange, da erkennt Amir kleine schwarze Punkte am Horizont. Auch Josias hat sie entdeckt.
„Wir sind gleich da! Wir sind gleich da!" Er atmet auf, denn auch er möchte nun endlich ankommen.
Bald schon sehen sie die ganze Familie vor den beiden dunklen Zelten stehen und winken. Sie sind endlich da!
Schnell reißt Amir die Autotür auf und rennt zu seiner Großmutter. Beide umarmen sich so fest, dass die Großmutter kaum Luft bekommt. Ihr rutscht sogar das buntgestickte Tuch vom Kopf.
Den Großvater begrüßt er nicht ganz so stürmisch. Der steht da, groß und aufrecht. Sein knöchriger Körper wird von einem langen weiten, weißen Gewand umspielt. Weil der Schesch den größten Teil seines Kopfes umhüllt, sieht man nur wenig davon. Selbst der Mund ist bedeckt, nicht aber die Nase. Josias fallen die gütigen, strahlenden, dunklen Augen auf, die von einem Kranz tiefer Runzeln umgeben sind.
„Richtig vertrocknet sieht er aus", denkt er, „Vertrocknet von der heißen Sonne?"

Amir stellt sich vor den Großvater und verbeugt sich. „Seltsam", findet Josias. So ernst kennt er seinen lustigen Freund gar nicht. Aber dann rennt der zu den Kindern, die abwartend neben dem großen Zelt stehen. Endlich ist er da, der Cousin aus dem fernen Deutschland. Ob er ihnen wohl etwas Aufregendes mitgebracht hat? Das tat er nämlich immer, wenn er hierher in die Wüste zu Besuch kam. Aber auch sie haben Überraschungen für ihn.

Und schon sind sie alle im großen Zelt verschwunden, die drei kleinen Mädchen Rana, Saida und Zahra und der große Cousin Said, der immerhin schon zwölf Jahre alt ist.

Nun steigt auch Josias aus dem Auto. Warm ist es und windig. Hier also wohnen Amirs Großeltern. Sie wohnen in Zelten, denn sie sind Nomaden, wandernde Hirten vom Stamm der stolzen Tuareg, die immer dorthin ziehen, wo ihre Tiere an den wichtigen Karawanenstraßen Futter finden. Dann nehmen sie alles mit, was zu ihrem Haushalt gehört, die Ziegenhaarzelte, die Matten, die Kochgeräte.
Sie leben von ihren Tieren, dem Fleisch, der Milch, sammeln Kräuter.
Während die Frauen und Kinder bei den Zelten und den Tieren bleiben, ziehen die Männer mit ihren Kamelen in Karawanen durch die Wüste, um Waren von einem Ort zum anderen zu transportieren. In den Oasen kaufen sie dann die Lebensmittel, die die Oasenbewohner auf den Feldern anbauen, Erbsen, Bohnen, Zwiebeln, Paprika, Hirse, Datteln. Sie handeln. Nie würden sie selbst auf dem Acker arbeiten. Dazu sind sie zu stolz, die blauen Ritter der Wüste.

Josias hat schon viel über sie gehört. Amir hat ihm oft von ihnen erzählt, von so vielen Abenteuern in der Wüste. Aber nun ist alles so anders, als er es sich vorgestellt hat. Er schaut herum und sieht ja nur Sand, Steine, Felsen (Erg, Serir, Hamada). Er ist ziemlich enttäuscht. Zweifel kommt auf. Ob diese Ferien nicht schrecklich langweilig werden?

Aber da schreit sein Vater von hinten plötzlich laut auf: „Au, aua!" Er krümmt sich und hebt sein rechtes Bein hoch. Alle stürzen auf ihn zu, auch die Kinder aus dem Zelt. Sie umringen

ihn. Doch er zeigt nur auf den Fuß. Und dann sehen sie, was passiert ist. Ein kleiner dunkler Punkt, der schnell größer wird und einen Kreis bildet. Ein Stich! Von einem sehr gefährlichen Skorpion.
Der Großvater und Osman tragen ihn ins kleine Zelt und legen ihn auf eine Matte. Die anderen müssen draußen bleiben.
Josias überfällt plötzlich große Angst. Was ist mit seinem Vater? Muss er nun sterben? Alle sind mäuschenstill und warten.
Josias glaubt, ein Stöhnen zu hören. Kurz vernimmt er ein leises „Au!" Und dann ist alles totenstill. Man hört und spürt nur den stärker werdenden Wind.
Der Großvater hastet heraus und holt einen Beutel aus dem großen Zelt. Alle Augen verfolgen ihn ängstlich. Langes Schweigen.

Josias erscheint das Warten endlos. Als Osman aus dem Zelt heraus kommt, sagt er: „Alles gut. Das meiste Gift ist heraus. Es wird ihm bald wieder gut gehen."

Was ist passiert? Vater Friedrich hat bei der Ankunft vergessen, seine Sandalen auszuziehen. Er hatte sie für den Flug angezogen, weil sie bequemer waren. Nun hätte er sie gleich mit den Wanderstiefeln austauschen müssen.
Unglücklicherweise ist er gleich auf einen Skorpion getreten, der sofort seinen Stachelschwanz in die Höhe schnellte und ihn damit kräftig von der Seite in den Fuß stach. Der Großvater erkannte gleich, dass es ein seltener, aber sehr giftiger Skorpion war. Darum musste auch schnell gehandelt werden.

„Skorpione gibt es hier oft, aber nicht alle sind so giftig", erklärt Osman nachher, „Trotzdem haben wir immer den „Erste-Hilfe-Beutel" im großen Zelt griffbereit."

„Was habt ihr denn mit dem Fuß gemacht?" will Amir jetzt wissen, denn es war sicher lebensgefährlich. Und so schnell ist kein Krankenhaus erreichbar! Sie werden noch öfter staunen, wie weise die Wüstenbewohner Probleme bewältigen, Überlebenskünste kennen oder viel mehr als die Fremden ertragen können.

Später erzählt Vater Friedrich, wie der Großvater über dem Einstich ein tiefes Kreuz schnitt. „Da quoll dann Blut heraus und damit das Gift. Schnell setzte er eine Pumpe auf den Schnitt, und umgekehrt wie eine Luftpumpe sog er das Blut mit möglichst viel Gift heraus.
Das musste natürlich in Windeseile geschehen, damit sich das Blut nicht schnell im Körper verteilte. Auf die Wunde tupfte er noch eine gelbe Flüssigkeit aus dem Saft einer Wüstenpflanze, die er vor einiger Zeit gefunden und in einer Flasche aufbewahrt hatte.
Natürlich hat es wehgetan, aber das musste ich ertragen."

Oh, es ist doch aufregend hier!

Plötzlich fällt die Nacht herein.

Josias findet es gar nicht mehr langweilig, als die Großmutter fragt: „Wollt ihr mir helfen, Feuer zu machen?" Und ob das die Jungen wollen. Josias ist bei den Pfadfindern und ist dort Spezialist für schwierige Feuerexperimente. Aus feuchtem Holz hat er einmal ein loderndes Feuer gezaubert.

Aber wo ist das Holz hier? Wo sind die Bäume? In der Ferne ist gerade mal ein Busch zu sehen. Er ist ratlos und schaut sich fragend um. Der Großvater erkennt seinen fragenden Blick, nimmt ihn bei der Hand und führt ihn hinter das große Zelt. Da liegen nämlich dünne trockene Äste und ein paar dicke.
„Wir können heute ein großes Feuer machen. Gestern habe ich fünf dicke Äste gefunden. Die können wir heute Abend alle verbrennen. Es kommt nicht oft vor, dass ich so viel Holz finde."
Als Josias ein Beil oder eine Säge haben möchte, sieht ihn der Großvater mit großen Augen an. „Das brauchen wir alles nicht. Wir werden niemals einen Baum fällen oder von einem lebenden Baum einen Ast absägen oder schneiden. Lieber würden wir abends frieren. Es ist ein uraltes Wüstengesetz, dass wir nur trockenes, abgestorbenes, totes Holz verbrennen.
Es wächst nur wenig Holz in der Wüste, und das müssen wir pflegen und achten. Nur wenige Bäume haben so tiefe Wurzeln, dass sie das Grundwasser erreichen und dann gut gedeihen."

Sie tragen das Holz zur Feuerstelle, die nicht direkt vor dem Eingang des großen Zelts ist, denn da könnte der Rauch schnell hineinziehen.

Aber was bringt Tarek da an? Josias traut seinen Augen nicht, als der einen Korb voll mit Kameldung heranschleppt und ihn vor seinen Augen auskippt. Es staubt richtig, denn sie sind total trocken.
„Was meinst Du, wie die brennen! Es ist Gras, das durch den Kamelmagen gegangen ist!" Josias graust es zunächst, aber es stinkt nicht. „Ist das wohl wieder so ein Trick zum Überleben in der Wüste, ein Ersatz für die fehlenden Bäume?" Ja ha!

Der Großvater holt nun sein blaues Feuerzeug aus dem Zelt. Er zeigt es stolz, als er erzählt: „Früher war es sehr mühsam, Feuer zu machen. Ich hatte zwei Feuersteine, die ich kräftig aneinander rieb. Wenn Funken entstanden und die auf ein trockenes Moos spritzten, dann endlich hatten wir Feuer. Heute ratsche ich am Feuerzeug und zack ist die Flamme da.

Schnell stellt Josias die Hölzchen zu einem kleinen Tipi auf. Wie wäre es denn, wenn er es auch einmal mit den Feuersteinen probieren könnte? Er fragt den Großvater.
Und tatsächlich, er hat sie noch aufbewahrt und ein wenig von dem trockenen, hellen Moos. Es ist seine Reserve für Notfälle.
Er zeigt ihm, wie es geht, und schnell spritzen die Funken.
Josias aber hat große Mühe, bis er es schließlich doch schafft. Sie fallen ins Moos: Feuer! Das Flammenknäul wirft er schnell unter das aufgestapelte Holz. Sein Lagerfeuer brennt! Das muss er aber seinen Pfadfinderfreunden zu Hause erzählen. Ob er das mit den Kamelhaufen auch erzählen wird, das weiß er noch nicht. Aber vielleicht gerade doch.

Ein leichter Wind ist aufgezogen, wird stärker und bläst die Flamme immer wieder fast aus. Aber ein zünftiger Pfadfinder weiß, wie man ein Feuer am Leben erhält. Bald lodert es hell auf, Funken sprühen hoch in die Luft. Die dünnen Äste knistern. Und die Jungen freuen sich. Lagerfeuer tief in der Wüste!

Schon am Nachmittag hatte die Großmutter eine dicke Suppe für die Gäste vorbereitet. Nun hilft ihr Amir, den vollen schweren Aluminiumtopf auf ein Metallgerüst über das Feuer zu heben.

Inzwischen ist es sehr schnell dunkel geworden. Josias hat es fast nicht gemerkt. Noch vor 20 Minuten ist es doch noch hell gewesen!
„Das ist hier immer so", erklärt ihm sein Freund ziemlich großtuerisch, als ob man das doch klar wäre. „Je näher wir dem Äquator sind, desto kürzer ist die Dämmerung. Da fällt nämlich die Nacht plötzlich vom Himmel".

Gut, dass es mit dem Feuer so schnell funktioniert hat. Es ist nun die einzige Beleuchtung hier. Außerdem ist es kühl geworden. Das Feuer aber wärmt sie, von vorne wenigstens.
Bald kommen auch die beiden Väter aus dem großen Zelt, denn da ist es nun dunkel.

Inzwischen hat der Großvater ein typische Begrüßungsgetränk zubereitet: Sehr süßen, sehr starken Pfefferminztee mit Gewürzen aufgekocht. Den gießt er nun in hohem Bogen in kleine Gläser, die auf einem Tablett stehen. Für jeden ein Glas, auch für die drei Jungen. Es ist lustig anzusehen, wie Josias vorsichtig an dem heißen Glas nippt. So etwas hat er noch nie getrunken. Süßes mochte er immer, aber dies ist ihm doch fast zu süß und dann auch noch irgendwie bitter und kochend heiß!

Mit einem großen Holzlöffel rührt die Großmutter die dicke Suppe immer wieder einmal um, damit sie nicht anbrennt. Dampfschwaden steigen aus dem heißen Topf. Es duftet nach kräftigen Gewürzen.
Josias ist neugierig. Wie würde die fremde Suppe schmecken? Jedenfalls hat er Hunger. Aber alle anderen auch, denn sie setzen sich nun um das Lagerfeuer herum auf den warmen Sandboden und warten gespannt.
„Deine Lieblingssuppe, Osman", sagt die Großmutter, „Die gab es auch, als du nach Deutschland gingst."
Oh, ist die heiß. Die Jungen verbrennen sich fast die Hände an ihrer heißen Blechschüssel und stellen sie schnell auf den Boden.
Als alle versorgt sind, jeder einen Löffel hat, fangen sie an zu essen.

Josias´ Löffel geht erst einmal auf Tauchstation um herauszufinden, was da so alles im Trüben herumschwimmt. Dicke weiße Bohnen kommen zum Vorschein, lustige krumme Wurzeln tauchen auf. Ist da etwa auch ein Regenwurm? Quatsch, wir sind doch in der heißen, trockenen Wüste! Das ist eine lange dünne Nudel. Ach, ist doch egal. Jedenfalls riecht es prima. Und Hirse isst er immer gern.
Es muss wohl allen sehr gut schmecken, denn plötzlich ist es still. Sie scheinen alle Großmutters Wüstensuppe zu genießen. Josias muss unbedingt eine zweite Schüssel voll haben. Am liebsten hätte er auch noch eine dritte gegessen, aber es gibt keinen Platz mehr in seinem Magen.

Es ist ein langer und aufregender Tag für die beiden Jungen gewesen. Sie sind so richtig müde und beschließen, ins Zelt zu

gehen, was noch lange nicht heißt, dass sie auch schlafen wollen.
Freiwillig Zähne putzen kommt heute nicht in Frage, denn „In der Wüste ist alles anders", stellt Josias zufrieden fest.

Aber da ist noch etwas, das ihn bedängt. „Wo ist das Klo?" will er wissen. Er muss eilig eins finden. „Gibt`s hier nicht. Wir gehen immer irgendwo hin nach draußen. Komm mit. Wir haben doch Klopapier mitgebracht und jeder sein Feuerzeug. Das brauchen wir jetzt dringend. Und die Taschenlampe".
„Das wird ja spannend", denkt Josias, aber es wird ihm nun doch etwas unheimlich.

Amir geht voran. Nach etwa 100 Schritten bleibt er stehen: „So, hier kannst Du müssen. Grab eine kleine Kuhle. Und wenn Du Papier benutzt hast, dann verbrennst Du es sofort mit deinem Feuerzeug. Weißt Du, in der Wüste verrottet Papier nicht, sondern flattert dann herum oder die Tiere fressen es. Aber Asche verschwindet. Meistens wird sie aber gleich vom Wind fortgeblasen.
„Schon komisch", denkt Josias, doch irgendwie sieht er es ein. Und findet es dann richtig lustig.

Im Zelt bauen sie schnell ihr Lager auf, eine Matte und darauf der Schlafsack, direkt an der Wand. Fertig. Ganz dicht beieinander liegen sie nun. Es ist so kuschelig, warm und gemütlich. Wie schön ist es, einen solchen Freund zu haben, denkt Josias und fühlt sich sehr wohl und geborgen.

Draußen prasselt das Feuer. Die leisen Stimmen der Erwachsenen vermischen sich zu einem beruhigenden Hintergrundgeräusch.

Ab und zu schlägt ein Windstoß Sand gegen die Wand, aber sie sind ja geschützt im sicheren Zelt.
Natürlich wollen sie noch lange wach bleiben, doch ihre Augen fallen ganz schnell zu. Ob sie wohl von der Wüste träumen, von Geistern, die mit dem Wind reiten, von Räubern und Überfällen?

Fladen aus dem Sand

Am nächsten Morgen wacht Josias früh auf. Zunächst weiß er nicht, wo er ist. Schlafsack und Zeltdach aber sagen ihm schnell: Wüste.
Amir neben ihm schläft noch.
Das Lager des Großvaters ist schon leer, auch das von Osman. Ja, und die Mädchen hört er draußen auch schon ganz leise plaudern. Ab und zu klappert Geschirr. Soll er wirklich ohne Amir rausgehen? Vorsichtig versucht er über ihn hinweg zu steigen, aber Amir wacht doch auf. Natürlich will er schnell mit hinausgehen.

Die Sonne geht gerade am Horizont auf, hinter den Gebirgszacken in der Ferne. Wie ein feurigroter Ball steigt sie ziemlich schnell in die Höhe. Der Himmel ist blau, und kein einziges Wölkchen ist zu sehen. Aber es ist kühl, und ein kräftiger Wind lässt die Sandkörner tanzen.

Der Großvater und Osman sitzen schon am Feuer und trinken ihren Tee, während die Großmutter große Mengen an Teig knetet und die Mädchen sich bei den Schafen zu schaffen machen.

„Ihr kommt gerade recht. So könnt ihr mir helfen, das Fladenbrot für das Frühstück auszurollen. Hier sind zwei dicke Stöcke und für jeden eine Teigkugel. Auf diesem Brett müsst Ihr sie mit den Stöcken so lange hin und her rollen, bis sie hauchdünn sind."

Es sieht bei der Großmutter sehr leicht aus. Aber Josias will es einfach nicht gelingen, obwohl er sich so viel Mühe gibt. Entweder der Teig ist zu dick oder zu dünn und zerreißt.
Als Said dazu kommt, hilft er ihm schnell. „Perfekt!" stellt die Großmutter dann befriedigt fest, und Josias ist glücklich.

Nun geschieht etwas, das er nicht erwartet hätte. Die Flammen in der Feuerstelle sind erloschen. Übrig geblieben ist nur noch ein Haufen Glut, die große Hitze ausstrahlt.
Da nimmt der Großvater einen Stock, zerteilt die glühende Holzkohle und schiebt Sand darüber. Darauf legt die Großmutter die Teigfladen und deckt sie mit einer dünnen Sandschicht zu!

„Das soll unser Frühstück werden?" Josias kann es nicht glauben. Heimlich nimmt er sich vor, kein bisschen davon zu essen. Er will keinen knirschenden Sand zwischen den Zähnen haben. Wie kann man Brot essen, das auf dem Boden gelegen hat? Er macht sich ernstlich Sorgen um sein Frühstück.

Vielleicht gibt es ja noch etwas anderes, aber, eigentlich leben die hier ja alle noch und haben keine vom Sand abgeschliffenen Zähne.

„Die Wüste lebt!"

„Komm mit auf die Düne da hinten". Und schon startet Amir. Da bleibt Josias nichts anderes übrig als mitzurennen. Eigentlich hätte er jetzt lieber gefrühstückt, aber das geht ja noch nicht.
Doch was er jetzt erlebt, lässt ihn alles vergessen. Das ist ja unheimlich! Spuren im taufeuchten Sand wohin er schaut. Und so unterschiedliche, breite, lange, kurze, dicke.
Da, da ist eine Schlangenspur! Und dort musste eine Wüstenspringmaus gesprungen sein. Amir kennt einige Spuren. Viele unterschiedliche Käfer oder andere kleine Tiere sind entlanggekrabbelt, gehüpft oder gekrochen. Kaum eine Spur gleicht der anderen. Sie verlaufen nebeneinander, kreuzen sich, enden manchmal einfach auf der Strecke, wie vom Sand verschluckt. Viele enden bei einem kleinen Busch. Wahrscheinlich haben die Tiere unter den Wurzeln Schutz gesucht.
Josias traut sich gar nicht, in dieses schöne Muster von Tierspuren hineinzulaufen. Zu schade, sie zu zerstören.
Und noch etwas: Könnte nicht auch eines der unbekannten, vielleicht gefährlichen Wesen unter der Sandoberfläche sein und zuschnappen? Eine Hornviper vielleicht oder ein giftiger Skorpion?

„Hilfe, o Schreck, wenn ich nachts einmal hinaus muss!
Diese Tiere sind doch in der Nacht alle hier gelaufen, sind geschlichen, gerannt, haben gekämpft und gefressen.
Dass es so viele Tiere in der Wüste gibt! Sie ist ja wirklich gefährlich!"

„Die Wüste lebt!" Sein Vater erzählt ihm später, dass es einen berühmten Film mit diesem Titel gibt, der erzählt, wie lebendig es nachts in der Wüste ist. Da sieht man, wie sich die Tiere tagsüber unter Sand oder Steinen vor der großen Hitze schützen. Nachts aber, wenn es kühl ist und feucht, dann kommen sie hervor, um sich ihre Nahrung zu suchen.

„Komm, ich zeige Dir jetzt etwas ganz Geniales. Wir müssen uns aber erst oben auf die Düne kämpfen." Amir feuert seinen Freund an, der große Mühe hat, die Düne hinauf zu stapfen. Bei jedem Schritt rutschen sie wieder ein Stück zurück. Es ist richtig anstrengend. Aber dann kommen sie doch oben an. Josias erwartet nun, dass Amir ihm nun etwas ganz Besonderes zeigen oder erzählen will.

Aber nein. Er lässt sich auf den Hosenboden plumpsen und saust johlend mit affenartiger Geschwindigkeit den Dünenhang hinunter. Josias schiebt sich sofort hinter ihm her.

„Ich fliege! Hurra!" Es ist gnadenlos schön. Ihre Hosen und Schuhe sind voller Sand, und ganze Sandlawinen rutschen ihnen nach, aber egal. Noch mal! Noch mal!

Dann sehen sie, wie Tarek mit einem weißen Tuch winkt. Es ist das Zeichen, dass sie nun zurückkommen sollen.

Natürlich, das Frühstück!

Sie sind gerade recht, denn der Großvater zieht den ersten Fladen aus der Sandasche, hebt ihn hoch und klatscht mit dem Stock dagegen.

Und siehe da, aller Sand fällt ab. Er verhaut beide Seiten, und das Unglaubliche geschieht: Am Fladen ist nicht ein einziges Sandkörnchen und keine Spur Asche.

Jeder darf sich ein großes Stück abbrechen und beißt nun genüsslich hinein. Und wie knackig und knusprig die Sandfladen sind. Von der Großmutter bekommt auch jeder noch kostbaren Wüstenhonig darauf.

Während Josias seinem Vater voller Begeisterung von seinem Dünenabenteuer erzählt, wickelt sich Amir seinen Schesch um den Kopf. Chic sieht er wieder aus, ein echter Tuareg-Junge. Auch Josias bekommt seinen nun um den Kopf gewunden. Er ist mächtig stolz, findet sich äußerst cool.

Vor lauter Begeisterung hüpft er im Kreis, und da passiert es.
Er stolpert über eine Schnur, die mit dem Tor des Schafgatters verbunden ist. Und schon springt es sperrangelweit auf. Natürlich stürmen die Schafe und Ziegen im Nu nach draußen. Eng eingepfercht hat es ihnen wohl doch nicht so gefallen. Außerdem scheinen sie Hunger zu haben, denn sie stürmen auf die wenigen Grashalme draußen zu.
„Macht nichts", beruhigt ihn Said, „Wir gehen sowieso gleich los zum Hüten ins Wadi. Wollt ihr übrigens mitkommen? Großmutter Fatima erlaubt es euch bestimmt. Und ich fände das klasse." Sie hat es mitbekommen und zwinkert ihnen verschmitzt zu.
Daraufhin holt sie noch ein paar Dinge, Überraschungen, aus dem Zelt, packt sie in ihr Stoffbündel und schwingt es über ihre Schulter.
Dann geht es los.

Die Mädchen bleiben zu Hause. Sie müssen der Mutter helfen.

„In der Wüste ertrinken mehr Menschen als verdursten!"

Eine lustige Gesellschaft, die davontrottet. Auf dem Weg gibt es für die Schafe nicht viel zu fressen, so dass sie immer schneller werden, weil die Weide lockt. Sie kennen den Weg. Bald erreichen sie das Wadi. Josias hat noch nie eins gesehen, aber nun sieht er, dass es ein ausgetrocknetes Flussbett ist. Hier muss es vor kurzem eine Überschwemmung gegeben haben, denn überall sind noch Spuren von fließendem Wasser im Sand und an den Steinen am Rand zu erkennen.
Im Boden selbst muss es feucht sein, denn in der Mitte sprießt Gras, und an den Rändern wachsen Büsche und Bäume.

Die Großmutter legt ihr Bündel unter einem Baum ab und setzt sich. Die Jungen aber klettern gleich auf die mächtigen glatten Felsbrocken ringsum und balancieren. Geschickt springen sie von einem zum anderen. Sie müssen gut aufpassen. Bloß nicht in die Dornenbüsche dazwischen rutschen!
Said ist es einmal passiert mit schmerzhaften Folgen. „Hier könnt ihr noch die Narbe von der schlimmen Wunde sehen."

Irgendwann haben sie keine Lust mehr zum Springen. Sie müssen sich etwas Neues ausdenken. So haben sie die verrückte Idee, das Wadi aufwärts zu erkunden. Das könnte doch spannend werden.
„Tschüss, Großmutter", ruft Said ihr zu, „Wir sind bald zurück!"
Aber ihm ist nicht ganz wohl bei der Sache. Er war noch nie da oben in den Bergen. Die Entdeckerlust der beiden Freunde aber hat ihn angesteckt. So ziehen sie voller Tatendrang los.

Bald werden die Felswände höher, steiler, kommen immer dichter zusammen, bis sie eine enge Schlucht bilden, sogar ein Stück Tunnel. Es kommt nur noch wenig Licht herein. Wird es nun gefährlich?
Jetzt wollen sie erst recht weiter, weiter. Einmal müssen sie sich sogar an den Wänden entlang tasten, dann sogar ein Stückchen kriechen. Doch sie kommen gut voran.
Es ist geheimnisvoll, abenteuerlich.

Plötzlich bleibt Said wie versteinert stehen. Er horcht. Was ist das? Es ist ein Geräusch, das er noch nie gehört hat. Rauscht es dort hinten? Sie lauschen. Und schon kommt eine Wasserwalze um die Ecke geschossen. Sie geht den Jungen gleich bis an die Knöchel, wird schnell höher.
In Panik versuchen sie, zurück zu rennen. Hinaus hier, nichts wie weg.
Aber da stürzt Josias, fällt hin. Die anderen stolpern über ihn. Straucheln. Schrecklich! Das Wasser steigt, geht schon bis an die Knie. Und die Felswände sind steil. Es gibt kein Hinauf.
Die Wassermassen haben schon den Tunneleingang verstopft. Es fließt nicht mehr gut ab. Es staut sich und steigt weiter schnell an. Es gibt kein Entrinnen. Müssen sie nun in der Wüste ertrinken?

Doch dann geschieht ein Wunder. Die Flutwelle wird plötzlich langsam. Das Wasser sinkt. Und fast so schnell wie der Spuk gekommen ist, ist er verschwunden.

„Irgendwo weit oben im Gebirge hat es kurz und heftig geregnet", erklärt ihnen später Vater Friedrich, „Das Wasser sammelt sich auf dem Gestein und stürzt die Felsen hinunter.

Manchmal kommt es über steinharten, trockenen Boden und schießt auch darüber hinweg, weil es nicht versickern kann. Dann sammelt es sich im Wadi und tobt hinunter, reißt alles mit sich fort, was ihm im Weg liegt.
Wehe den Touristen dann, die aus Unwissenheit auf dem ebenen Boden des ausgetrockneten Flussbetts zelten."

Der Spruch „In der Wüste ertrinken mehr Menschen als verdursten." klingt schon fremd, aber hätte ihnen das nicht auch passieren können?

Es dauert eine Weile, bis sie bei der Großmutter zurück sind. Sie stand lange und hielt voller Angst nach ihnen Ausschau. Nun nimmt sie alle drei fest in ihre Arme, und die Jungen spüren, wie erleichtert sie ist. Kein Wort.
Die Schafe und Ziegen hatten sich schnell auf die höheren Uferseiten begeben, aber es hätte ihnen nicht viel passieren können, denn das Flussbett ist hier breit, und die Wassermassen verteilten sich.

Die Großmutter hat heute genug vom Hüten. Sie beschließt, schon jetzt nach Hause zu wandern, denn das große Ereignis des Tages soll noch kommen.

Heimkehr der Karawane

Das Erlebnis vorhin steckt ihnen noch tief in den Knochen, so dass sie die Tiere schnell zusammentreiben und sich nachdenklich auf den Weg machen.
Sie sind noch nicht lange gegangen, da ruft Großmutter Fatima: "Da! Dahinten sind sie schon!" Tatsächlich. Auch die Jungen sehen winzige Gestalten in der Ferne, die sich langsam bewegen, Kamele, Menschen.

Die Kamelkarawane von Saids Vater Omar soll heute von ihrer langen Reise zurückkehren.
Said ist plötzlich wie umgewandelt. Er springt in die Luft: "Sie sind es! Sie kommen!" Er will nur noch zur Karawane. Die Großmutter erlaubt ihnen, der Karawane entgegenzulaufen. Sie kann die Herde doch allein nach Hause bringen.

Und wie sie nun rennen, alle drei, bis sie die Karawane erreichen. 23 Kamele traben hintereinander her, 10 von ihnen sind mit Säcken beladen, eines trägt Holz, zwei haben einen geschmückten Sattel mit bunten, flatternden Bändern.
Said ist so glücklich, endlich seinen Vater Omar wieder zu sehen. Der war ja sehr lange fort.

Dieses Mal hatte er noch nicht mitgehen dürfen, aber beim nächsten Mal will er unbedingt dabei sein. Sein Großvater war ein mächtiger Karawanenführer, und auch sein Vater ist es. Er muss nur von beiden noch viel lernen, und dann wird er es auch sein.

Auch die beiden Jungen aus Deutschland werden herzlich begrüßt. Omar weiß schon, dass sie da sind, wenn er zurückkommt.

„Wollt ihr beiden denn zum Lager reiten?"
Und ob sie das wollen, keine lange Überlegung. Eigentlich muss sich das Kamel mühsam zu Boden begeben, wenn jemand aufsteigen will, aber jetzt springen die Jungen und bekommen von Treibern noch einen kräftigen Schub hinauf. Sie sitzen nun stolz in einem Tuareg-Sattel, die Beine über dem kräftigen, geschwungenen Kamelhals gekreuzt.

Vergessen ist aller Schreck vom Wadi-Abenteuer. Nun ist die Welt wieder in Ordnung, sie ist sogar unglaublich schön für Josias. Von hier oben sieht sie ganz anders, viel weiter, einfach fantastisch aus.
Im leichten, wiegenden Gang des Kamels kommt er sich vor, wie ein stolzer König der Wüste. Auch wenn ein Treiber das Kamel fest im Griff hat und es führt, Josias fühlt sich glücklich und sicher als guter Kamelreiter.
„Schade, dass wir nun schon da sind", seufzt er, als sie zu Hause angekommen sind. Am liebsten wäre er weiter, immer weiter geritten.

Vor dem Lager hatte sich schon die ganze Familie zur Begrüßung versammelt. Es ist immer ein großes Fest, wenn die Karawane nach einer langen Reise endlich wieder heil und gesund, vollständig und bereichert zurückkehrt.

Aber „Erst die Tiere, dann die Menschen!" heißt es nun. Die Kamele müssen sich nacheinander hinsetzen. Mühsam ist das, denn umständlich plumpsen sie zuerst auf die schwieligen

Vorderknie, und dann ist das Hinterteil dran. Alle Männer helfen, Säcke und Sättel abzunehmen. Wasser brauchen die Kamele heute nicht, denn vor kurzem haben sie an einer Quelle riesige Mengen getrunken.

„Und nun, was soll denn das?" Er sieht, dass allen Kamelen die Vorderbeine zusammengebunden werden, „Jetzt können sie ja nur winzige Schritte machen! Quälerei!" Er ist entsetzt. „Soll ich das Seil heimlich wieder lösen?" Said erkennt sein Problem und erklärt ihm: "Die Kamele sind daran gewöhnt. Anders würden sie viel zu schnell und weit fortlaufen, und wir müssten sie dann vielleicht tagelang suchen. So laufen sie nur bis zur nächsten Weide, und morgen früh finden wir sie leicht wieder."

Seit dem Nachmittag schon wird das Fest zur Rückkehr der Karawane vorbereitet. Ein Schaf schmort bereits seit Stunden über dem Feuer. Immer wieder müssen es die Mädchen drehen und mit Kräutern bewerfen, die in der knusprigen Haut hängen bleiben. Wenn Fett in die Flammen tropft, dann zischen sie hell auf.

Als sich alle um das Feuer herum gesetzt haben, steigt die Spannung, denn nun holt Vater Omar, der Chef der Karawane, einen Sack herbei und öffnet ihn ganz langsam.
Die Kinder wissen, dass es nun die Überraschung gibt. Für jeden ist etwas dabei. Sorgfältig hatte sie der Vater für jeden ausgewählt und überreicht nun jedem sein in Papier eingewickeltes Geschenk.
Die Spannung steigt, denn alle sind neugierig, was es denn für jeden gibt. So wird jedes Päckchen langsam und vorsichtig aus der Verpackung herausgenommen und glücklich oder

zufrieden betrachtet. Jeder möchte es sehen, und so wird es herumgereicht und von allen bewundert.

Rana, die 12-Jährige, wirft einen bunten, bestickten Schal in die Höhe. Sie windet ihn gleich um ihren Kopf und ist glücklich.
Saida hatte sich immer schon einen Armreif gewünscht. Jetzt hat sie ihn endlich.
„Eine Puppe, wie ein richtiger kleiner Mensch!" ruft die kleine Zahra vor Begeisterung. Sie hatte bisher nur ein paar aus Stöckchen gebastelte kleine Kamele zum Spielen.
Said aber, er traut seinen Augen kaum: Ein zusammenklappbares Taschenmesser! „Vater, davon habe ich schon immer geträumt! Danke." Er gibt es den ganzen Abend lang nicht mehr aus den Händen.
Amir und Josias bekommen Glücksbringer aus der Wüste: kleine runde schwarz-glänzende Lavasteine für die Hosentasche.

„Jetzt habe ich aber Hunger", murmelt Josias vor sich hin und schielt auf den gegrillten Festbraten am Spieß. Die knusprige braune Haut und der verlockende Bratenduft steigern noch seinen ohnehin schon maßlosen Appetit. Zu Hause grillte er immer schon so gerne im Freien. Hier aber, tief in der Wüste, im Sand, auf den Steinen, zusammen mit diesen fremdartigen, freundlichen Menschen mit den glänzenden großen Augen, ist es etwas ganz Besonderes.
Knisterndes Feuer. Um sie herum schwarze Nacht. Nur die Sterne funkeln so hell, wie er es nie zuvor gesehen hat. Ein riesiges Sternenzelt über ihnen.

Heute teilt Aida, Saids Mutter, die Suppe aus. Wieder sind da so viele Dinge vermischt, die Josias nicht erkennen kann. Er sieht nicht genau hin, denn er weiß, bisher hat ja alles geschmeckt, und sie sind nicht gestorben.
Als nächstes ist der krustige Spießbraten dran. Josias läuft schon das Wasser im Mund zusammen, als der Großvater den Festbraten austeilt und jedem ein dickes Stück abschneidet und in die Schüssel gibt.
Stille, denn sie genießen die Delikatesse, die es ja nicht jeden Tag gibt.
Josias spießt sein Fleischstück auf und beißt genüsslich hinein. Und wie es kracht! Würziger Lammbraten am Lagerfeuer tief in der algerischen Wüste!

Karawanenreisende haben immer viel zu erzählen. Ob da immer alles stimmt, das kann man nie nachprüfen. Jedenfalls musste es dieses Mal wieder besonders abenteuerlich gewesen sein.
Achmed, der Jüngste der Helfer, erzählt von Fast-Überfällen, von riesigen bunten Märkten: „Ihr könnt Euch die Schönheit der Mädchen nicht vorstellen! Tausende von Stoffen hätte ich kaufen können. Und die Kamele auf dem Kamelmarkt! Fast hätte ich eins geschenkt bekommen! Es waren die schönsten und stärksten der ganzen Sahara!"

Es fehlte auch nicht die abenteuerliche Geschichte von den Banditen eines Nachts. „Mit lautem Geheul im Dunklen schlichen sie sich an. Riesige, finstere Kerle waren das! Hätten wir nicht unsere scharfen Schwerter gehabt, dann hätte uns die Horde zerfetzt. Die Blutspur war endlos! Aber wir haben es ihnen gezeigt. Geschlagen zogen die dann ab, und wir waren die großen Sieger."

Aufregend musste es gewesen sein, so dass Said nach kurzer Pause seinen Vater fragt: "Darf ich nun endlich das nächste Mal mit kommen? Du hast es mir schon lange versprochen. Ich will auch ein guter Anführer werden, wie Du und auch Großvater Arif. Ich will die Wege finden, die Berge erkennen, muss wissen, wo die Quellen liegen, will fremde Menschen kennenlernen, will Abenteuer erleben".

Vater Omar aber ist nicht so fröhlich und lustig wie sonst. Er ist nachdenklich, klopft seinem Sohn liebevoll auf die Schulter. Es fällt ihm nicht leicht, seinem Sohn zu antworten.

„Ich möchte, dass es Dir einmal besser geht als mir. Die Zeiten haben sich sehr geändert. Früher, da waren wir Tuareg die stolzen Herren der Wüste. Wir waren sehr angesehen. Die Menschen begegneten uns mit großer Ehrfurcht. Und von jeder Reise kamen wir reich mit Schätzen zurück."
„Aber heute seid ihr doch auch voll beladen angekommen". bemerkt Said. „Alle haben Geschenke bekommen, und ein paar Säcke mit Hirse habt ihr auch mitgebracht".
„Ich hätte gern Orangen für euch gekauft, eine Kette für Fatima oder einen bunten Teppich für das große Zelt, doch ich hatte kein Geld dafür wie in früheren Zeiten."

„Aber warum ist es denn so anders geworden?"
„Weißt du, ich hatte dieses Mal große Mühe, meine Salzplatten, die wir in Bilma gekauft hatten, in der Oase Turut los zu werden. Als wir zu unserem Händler kamen, da hatte er gerade schon große Mengen von einem anderen erhandelt, der sie zu einem ganz niedrigen Preis verkaufen konnte.
- „Du musst deine Kamele verkaufen, wie Achmed", erklärte er mir, „Dafür hat der sich einen alten Lastwagen gekauft und

fährt nun an einem Tag die Strecke, die du mit deinen langsamen Kamelen in zehn Tagen schaffst." –
Natürlich kann der seine Sachen dann billiger verkaufen und wird sie sofort los. Unsere sind viel zu teuer. Und keiner kauft sie mehr. Und noch etwas: Als wir einmal eine neu gebaute Straße überquerten, auf der die Lastwagen voller Säcke an uns vorbei sausten, da schauten unsere Treiber ihnen lange gebannt nach. Ich glaube, sie wären lieber dort mitgefahren, als mit mir mühselig durch die Wüste zu stapfen. Ich weiß nicht, wie lange sie noch bei uns bleiben."

Große Stille in der ganzen Runde. Es ist kühl geworden.
Osman legt noch einen dicken Ast auf die Glut und ein wenig von dem strohtrockenen Kameldung, so dass die Flammen wieder hell auflodern und Funken sprühen. Das Knistern durchbricht die schwere Stille.

„Du kommst auf der nächsten Reise mit, Said. Aber dann gehst du zur Schule in Tamanrasset, wie viele andere Tuareg-Kinder heute auch, wie Onkel Tarek, Onkel Osman und Amir in Deutschland. Du sollst einen Beruf erlernen wie sie. Und in den Ferien kommst Du nach Hause in die Wüste".
„Aber ich wollte doch immer so sein wie du, ein stolzer Wüstenkrieger mit dem edlen Schwert und einem weißen Kamel!" Davon war immer die Rede gewesen, und so hatte es sich Said bisher vorgestellt: Ein echter Tuareg, ein edler Krieger in der weiten Wüste, gefürchtet und geehrt von allen Wüstenbewohnern. So war es doch immer, seit Generationen.
Alle schweigen.

Drei Männer haben sich Kanister geholt und sie zwischen ihre Füße gestellt. Sie schlagen, klopfen und streichen mit den

Händen darauf, manchmal lauter, dann wieder leiser, gemeinsam oder allein. Eigenartig fremde Töne. Alle lauschen oder gehen ihren eigenen Gedanken nach. Millionen Sterne am Himmel, genau über ihnen die hell leuchtende Milchstraße. Man sieht sie hier viel klarer, deutlicher als zu Hause in Deutschland.

Josias ist diese tiefe Wüstenatmosphäre fast unheimlich. Er setzt sich dicht neben seinen Vater, ganz leise. Nun fühlt er sich sicher und geborgen. Um sie die Hülle der dunklen Nacht. Eigentlich ist es ein schönes Gefühl, das er so zu Hause noch nie erlebt hat.
Er beobachtet die kleinsten Bewegungen der Trommler. Manchmal halten sie an, um nach kurzer Pause mit einem Wirbel fort zu fahren, werden dann wieder ganz leise. Manchmal wirft einer eintönig gesungene Sätze hinein.

Ein leichter Wind lässt die Flammen flackern. Die Glut flammt wieder auf, als Tarek noch einen Ast darauf legt.

Amir wird es nun zu ernst. Er springt auf, „Wer rennt mit zum großen Erg dahinten? Da machen wir eine Nachtrutschpartie – im Mondschein!" Alle drei Jungen rasen los. Said läuft barfuß und ist der Schnellste. Wieder ist es sehr mühsam, den rieselnden steilen Hang der Düne hinauf zu stapfen. Aber es ist ja kühl, und so schaffen sie es in Rekordzeit. Auf die Plätze, fertig, los! Und schon sausen sie auf dem Hosenboden durch den noch warmen Sand hinunter.
Immer und immer wieder das gleiche Spiel, bis Josias außer Atem stöhnt: „Mir reicht`s jetzt! Ich gehe zurück." Auch die anderen beiden haben nun keine Lust mehr.

Es war ein Tag voller aufregender Ereignisse, und so fällt es ihnen nicht schwer, gleich ins Zelt zu gehen. Schnell kriechen sie bis zur Nasenspitze in ihre warmen Schlafsäcke. Und todmüde fallen ihre Augen bald zu.

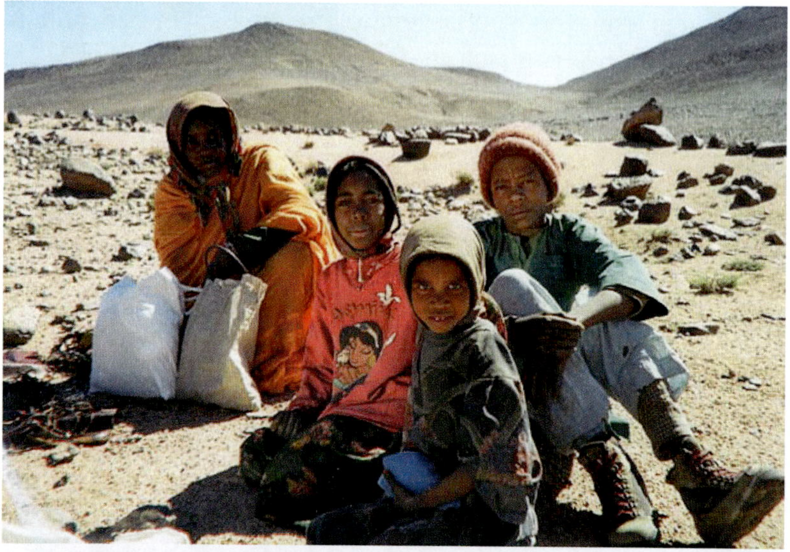

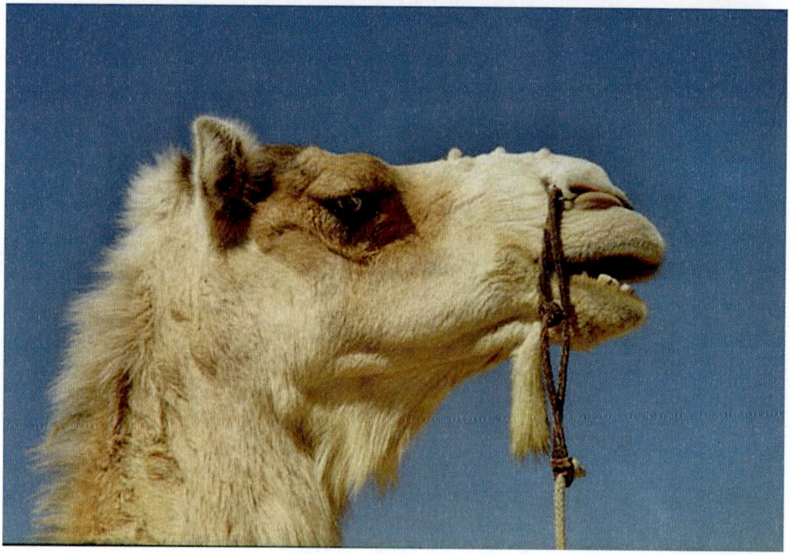

Unheimliche Laute um Mitternacht

Es ist wohl um Mitternacht, als Josias plötzlich aus tiefem Schlaf geweckt wird. Was ist los? Er ist hellwach. Ein langgezogenes Heulen lässt ihn starr vor Schreck und bewegungslos im Schlafsack liegen. Es sind Laute, die er noch nie gehört hat. Schnaufen, Husten, Knurren. Mehrere, dann weniger. Pause, um noch kräftiger einzusetzen. Sie kommen näher. Streichen ums Lager herum. Er lauscht gespannt. Sind es etwa Hunde, Füchse, Schakale, gar Hyänen?
Ganz dicht am Zelt müssen sie nun sein. Sie verstummen. Er hört ein leises langgezogenes Schnaufen, ganz dicht. Gespenster, wilde Tiere, ein Überfall? Oh, wenn er nun dringend hinaus muss! Schrecklich! Bloß nicht daran denken.

Dann hört er jemanden im Zelt aufstehen und hinausgehen. Ein kurzer Pfiff genügt, und Josias hört nur noch ein schnelles Trippeln. Der ganze Spuk ist im Nu vorbei.
Aber er kann sehr lange nicht wieder einschlafen. Zu sehr sind seine Gedanken noch bei dem unheimlichen Ereignis vorhin.

Am nächsten Morgen hört er den Großvater sagen: "Wir müssen heute Nacht Feuerwache halten. Die Hyänen sind nicht weit entfernt und werden zurückkommen. Es gibt sie nicht oft hier, aber immer wieder einmal, kommen manchmal aus dem Grasland her. "Josias denkt wieder an den kleinen Laden in Tamanrasset. Da war doch dieses furchterregende Tier. Dem würde er wirklich nicht gern begegnen.

Schreck in der Morgenstunde

Die Großmutter ist gerade dabei, die Fladen auszuteilen, da kommen die Kameltreiber rasend schnell angeritten. Aufgeregt rufen sie von weitem: „Das weiße Mehari!" Der junge Treiber ist außer Atem vor Erregung, „Es ist verschwunden!"
Wie elektrisiert vor Entsetzen springen Tarek und Omar auf. Das darf doch nicht wahr sein! Das kostbarste aller Tiere!
„Alle anderen standen dicht beisammen, waren unruhig. Als sie uns entdeckten, warfen sie ihre Köpfe hoch und wieherten, als wollten sie uns schnell etwas mitteilen. Und dann, entsetzlich! Das weiße Kamel war weg! Wir lösten alle Fesseln und ritten so schnell wir konnten hierher."

„Gestohlen! Wir müssen los! Es kann noch nicht weit sein."
Sofort schwingen sich Omar und Tarek auf zwei Rennkamele und sausen davon.

Ratloses Schweigen in der Familienrunde. Sie kauen ihre Fladen, trinken den süßen Tee.
In Gedanken versunken sitzt der Großvater auf einem Stein und schüttelt den Kopf.
Im Gatter blöken die Schafe.
„Ich werde nachher wieder ins Wadi gehen", unterbricht die Großmutter die beängstigende Stille.

Grüne Sahara?

„Ihr wolltet doch heute zu den Felsbildern gehen, drüben in den Bergen", erinnert Tante Aida an den Tagesplan. Sie findet, dass die entsetzliche Stimmung durchbrochen werden muss. Amir aber hat dazu nun überhaupt keine Lust. Doch ängstlich wartend hier im Lager herumzusitzen ohne etwas tun zu können, das ist vielleicht noch schlimmer.
So beschließen sie, die drei Jungen und Vater Friedrich, sich auf den Weg zu machen. Tante Aida füllt die Wasserflaschen und packt Fladen und Datteln in die Rucksäcke. Sie ziehen los.

Der Weg ist weit, auch wenn die Entfernung zu den Bergen dort drüben in der Ebene nah erscheint. „Wir beeilen uns," schlägt Said vor, „dann sind wir früh am Nachmittag wieder zurück."

Sie brauchen keine Düne überqueren oder über eine Sandfläche laufen, aber über ein Geröllfeld, und das ist mühsam. Amir ist es gewöhnt, käme schneller voran. Als dann Josias noch die bunten Steine auf der Kiesebene entdeckt, geraten sie ins Stoppen. „Woher kommen nur so unterschiedliche Steine und so schöne?" Josias bückt sich und hebt einen rosa runden Quarzstein auf. „Und da, ein pechschwarzer, ein grau-weiß gestreifter, ein richtiges Herz hier, ein grünglitzernder Stein dort! Vielleicht ist ein Zauberstein dabei?"
„Wenn Du so weiter machst, dann kommen wir heute nicht mehr zu den Felszeichnungen." Said ist richtig ärgerlich und kann nicht verstehen, dass man so normale Steine bewundert. Josias steckt sie sich heimlich in die Taschen, denn sie sind Schätze für ihn, die er mit nach Hause nehmen will.

„Die darfst Du sowieso nicht mitnehmen. Wenn Du versuchst, sie über die Grenze zu schmuggeln, und Du wirst erwischt, dann wirst Du streng bestraft oder kommst ins Gefängnis. Aus der Wüste hier darf man nichts forttragen, nicht einmal Sand! An der Grenze können die Kontrolleure oft kostbare, bearbeitete Fundstücke aus früheren Zeiten nicht erkennen, und so ist alles Exportieren verboten."
„Mist."
„Wie weit ist es denn noch? Die Felsen kommen überhaupt nicht näher. Nun sind wir schon eine Stunde gelaufen, und immer noch sind die so weit weg", Josias ist ungeduldig, denn inzwischen ist es auch ganz schön warm geworden.

Aber es ist nicht langweilig, denn sie erzählen von Deutschland, ihren Lehrern, die sie lustig finden oder blöd, von den Freunden. „Kannst Du Dir vorstellen, dass es da jetzt eisig kalt ist, alles weiß von Schnee?" Said kann gar nicht genug hören. Schnee, was ist das wohl? Den möchte er auch einmal erleben.

Plötzlich hebt Said einen Stein auf. Er hat eine kleine Echse darunter entdeckt und nimmt sie liebevoll in die Hand. Sie ist starr, wie tot. „Sieht ja aus wie ein kleiner Dino", findet Amir, „Woher wusstest Du, dass sie da drunter liegt?" „Sie hat sich da versteckt, um sich vor der Hitze zu schützen. Ich habe ihre Kriechspur gesehen, und die verschwand darunter. Schade, dass wir nicht auf dem Rückweg sind, dann hätte ich sie mitgenommen. Großmutter hätte sie in der Suppe heute Abend mitgekocht."
„Ach du liebe Zeit! Bloß nicht. Hoffentlich findet Said nicht noch eine auf dem Heimweg", denkt Josias, denn auf Echsenfleisch hat er wirklich keine Lust.

So vergeht die Zeit doch schnell, bis sie die ersten Felsen erreichen. Die sehen ja lustig aus! Wie Pilze oder Tische! Mit einem richtigen Stamm. Manche so hoch wie ein Baum!
Said genehmigt die erste Pause. Sie setzen sich unter den Schirm eines „Felspilzes". Endlich Schatten. Amir packt die Wasserflaschen aus und gibt jedem einen riesigen Fladen. „Das haben wir jetzt wirklich verdient", meint er, „Fast wäre ich schon verhungert!"
„Aber wir haben noch ein ganz schönes Stück vor uns. Ehe wir aber verhungern, Amir, gibt`s Heuschrecken, Echsen, Skorpione."
„Machen wir alles mit. Sind doch coole Typen." Nach dem kräftigen Picknick fühlt er sich mächtig und stark.

Amir ist noch nicht fertig mit seinem Fladen, da kommt ein Wind um die Ecke gefegt, trägt Sandkörner mit sich, nicht viele, aber sie reichen für Said, um als großer Kenner der Wüste zu glänzen. „Wenn nun der Wind ein starker Sturm ist, dann schleift er wie ein Sandstrahlgebläse unten am Felsen immer mehr ab, aber nicht viel höher als zwei Meter. Weil der Wind aus unterschiedlichen Richtungen kommt, werden alle Seiten angeschliffen. Könnt Ihr euch nun vorstellen, wie diese Pilze entstanden sind? Tiere suchen hier oft Schatten in der großen Hitze, wie wir jetzt auch." Tatsächlich, unter dem nächsten Pilzfelsen liegen richtige Misthaufen.

„Wir dürfen nicht trödeln, der Weg ist noch endlos weit. Ihr könnt doch noch, ihr Wüstenfüchse?" Said springt hoch und scheucht die Mannschaft in Bewegung. Amir reicht`s eigentlich. So richtige Lust auf einen langen Marsch in der

Hitze hat er nicht. Nicht ganz glücklich schaut auch Josias in die sandige und felsige Ferne.
Doch dann Saids Überraschung! Gleich als sie um eine Felsnase biegen, steht vor ihnen im Schatten eine Wand voller eingeritzter Felszeichnungen. Es wimmelt darauf von Tieren. Ein ganzer Bogen springender Gazellen, zwei Büffel mit langen spitzen Hörnern. Ein Tier hat einen sehr langen Hals und schöne Muster, lauter Punkte und kleine Kringel, vielleicht eine Giraffe? Mit ihrer gespaltenen Zunge schlängelt eine Schlange an der Wand. Eine Antilope mitten in einer flüchtenden Herde ist von einem Pfeil getroffen.
Und da ist es, das „Weinende Kalb", von dem Amirs Vater schon erzählt hat. Eine dicke Träne rollt aus dem Auge. Vielleicht hat es nicht mehr genug Futter gefunden. Seine Mutter steht neben ihm. Für ihren Bauch hat der Künstler damals eine Felsrundung mit in den Körper einbezogen.
Wie haben die das bloß alles hin bekommen, ohne Hammer und Meißel, ohne harte Metallgeräte, denn die gab es damals in der Steinzeit noch nicht. Und doch sind die Linien tief eingeritzt, richtige Furchen.
Sie entdecken immer mehr Tiere und sehen ganz weit hinten sogar einen Schwarm Fische und darunter lauter Wellen.
„Wasser hier in der heißen, trockenen Wüste? Ein Teich? Ein See?" Das können sie sich überhaupt nicht vorstellen.
Schön wäre es allerdings, könnten sie jetzt in einen See springen.

„Ja, das gab es hier wirklich einmal", weiß Vater Friedrich.
„Vor 5-6000 Jahren war es hier alles grün. Es war nicht so heiß wie jetzt. Bei uns in Mittel- und Nordeuropa war es da echt eiskalt, das Land mit dickem Eis bedeckt, das bis fast an die Alpen und bis nach Frankreich ging. Wir nennen die Zeit

EISZEIT. Hier aber war es grün. Regen und Sonne wechselten sich ab. Es war mild und feucht, so dass Pflanzen wachsen konnten, Gras, Büsche, Bäume. So lebten hier viele Tiere."
„Komisch. Eine grüne Sahara?"
„Ja, aber dann änderte sich das Klima. Die Temperaturen stiegen überall. Bei uns wurde es wärmer, das Eis schmolz, die Eiszeit ging zurück, und hier wurde es so heiß, dass viele Pflanzen und Tiere starben. Nur wenige haben sich anpassen können und überlebt."

„Gab es denn auch Menschen hier?"
„Natürlich. Wir haben hier eine Menge Felszeichnungen von Menschen: auf der Jagd, beim Fischen, sogar beim Tanzen. Wollt ihr welche sehen? Weiter oben, hinter den Dünen, dort gibt es noch viel mehr Bilder, in einer Höhle. Sie sind sogar bunt, rostrot, schwarz, grau, weiß. Großvater sagt, die Menschen hätten Pflanzensäfte oder Öl mit verschiedenen Erdsorten oder Asche vermischt.

Wollen wir auch da noch aufsteigen?"
„Klar, machen wir".
Und los geht`s.
Die Dünen hinauf zu stapfen ist wieder sehr lustig. Rennen kann man ja nicht. Josias probiert es, aber je fester er auftritt, umso mehr rutscht er wieder zurück. Es geht nur langsam und vorsichtig.
Der erste Dünenkamm ist erklommen, aber da kommen ja noch mehr!

Die Sonne ist nun nicht mehr so heiß. Said schaut sich um. Tatsächlich.

Der Wind ist stärker geworden, wirbelt Sandkörner auf. Schon ist die Luft nicht mehr klar, der Himmel leicht grau, die Berge in der Ferne sind kaum zu erkennen.

„Sandsturm" ist das Schreckenswort. Sehr schnell wird er stärker und fegt über sie hinweg. Die Luft ist voller Spannung, geladen. Bei hastiger Bewegung hört Josias kurzes Knistern. Wie kleine Blitze zuckt es in der Luft, wenn sie sich bewegen. Sandkörner wirbeln um sie herum. Es werden immer mehr. Dann können sie kaum noch sehen.
Sie bleiben stehen, ziehen ihren Schesch vor die Augen. „Wir müssen da hinten in die Mulde. Dann sind wir eher geschützt. Schnell!" Stolpernd retten sie sich dort hin, kauern sich eng an einander zum Schutz vor den schneidenden Körnern. „Ich hätte es sehen müssen", stöhnt Said, "Einem Targi darf das nicht passieren. Aber die Bilder…Und ihr ward so begeistert!"

Der beißende Sturm fegt um sie herum. Schon geht der Sand bis an ihre Knöchel. Die Mulde füllt sich. Kein Wort ist zu hören. Amir sieht sich im Sand versinken, ersticken? Er hat von Autos gehört, die vollkommen versandet sind. Ganze Oasen sind schon von Sand überzogen worden. Menschen, die sich retten wollten, haben die Orientierung verloren.
Ist nun ihr Leben zu Ende?

Und der Sturm rast weiter, peitscht Sand auf sie ein.

Nach einiger Zeit aber hört er doch auf. Ganz plötzlich. Die Luft wird klarer. Sie können die Dünen drüben wieder erkennen. Aber keiner hat mehr Lust auf Felsbilder. „Ich will jetzt nur noch nach Hause zurück", jammert Amir, und Josias will „Keine Felsbilder mehr".

Geheimnisvolle Entdeckung

Said kennt eine Abkürzung durch die Felsen. Angst und Schrecken der letzten Stunde geben ihnen riesige Kraft, schnell zu sein. Bald sind sie wieder unten in der Ebene. Da stoppt Said plötzlich, „Pst", hält seinen Zeigefinger auf den Mund. Er scheint etwas entdeckt zu haben. Dann hören auch die anderen das undeutliche, gurgelnde Gurren eines Kamels aus der Windrichtung, verschwindet, ist wieder da. Said ist hellwach. Das kennt er doch! Er kennt es ganz genau. War das nicht ein Kamel? War es etwa das weiße Kamel!? Gespannt lauscht er weiter, um die genaue Richtung zu erkennen, aus der es kommt.
Aber dann ist alles totenstill. Der Wind hat sich gedreht. Schade. „Seid leise, damit euch niemand hört."

„Dahinten sind Felsvorsprünge, auch ein paar Höhlen. Ich kenne sie genau. Da habe ich mit Freunden schon Versteck gespielt. Warum sollten sich da nicht auch Banditen verstecken?"

Das ist seine Chance. Blitzschnell überlegt er, was er nun tun muss. Er will allein dort hin. Das ist sicherer.
„Ihr bleibt hier, versteckt euch aber hinter der Felsnase. Man darf euch nicht sehen. Ich werde versuchen, die Felsen wieder hochzuklettern und mich von hinten an die Höhle heranzuschleichen. Geht bloß nicht fort. Ich komme bald zurück." Und schon eilt er leichtfüßig davon.

Ein unheimliches Gefühl beschleicht sie alle. Läuft Said in sein Unglück? Wenn da die Banditen sind und sie ihn gefangen nehmen? Said in den Fängen von Banditen, sie allein in der Wüste! Horrorgedanken! Sie wollen sich setzen, aber leider gibt es hier keinen Schatten. Die Sonne steht fast senkrecht über ihnen. Sie müssen weiter und gehen vorsichtig um den Felsen herum, bis sie ein sicheres, schattiges Plätzchen erreicht haben.

Vater Friedrich versucht nun, sie abzulenken, indem er anfängt, Witze zu erzählen. Weil die wirklich lustig sind, vergessen die Jungen für eine kurze Zeit, warum sie überhaupt hier sitzen.

Es ist weiterhin heiß. Amir hat Durst und holt seine Trinkflasche aus seinem Rucksack, die er im Nu leert. Als Josias seine heraushoIt, rangeln sie im Spaß, die Flasche fällt hin. Aus! Das kostbare Wasser versickert im Sand. Nun hat nur der Vater noch ein wenig in seiner Flasche. „Davon bekommst Du jetzt nichts. Wir dürfen es nicht trinken. Es ist ein eisernes Gesetzt in der Wüste, aber auch bei uns im Gebirge, dass ein Rest immer übrig bleiben muss. Wer weiß denn, ob nicht im Notfall ein Leben davon abhängt?"
Dem Pfadfinder Josias fallen nun lauter Lieder ein, die es mit Wasser zu tun haben. Und damit kommt erst der richtige Durst. Sie warten, warten, aber Said taucht nicht auf.

„Siehst Du die Geier dort oben?" Tatsächlich, über ihnen kreisen schwarze Vögel. „Geier sind Aasvögel", weiß Amir, „Die ernähren sich von totem Fleisch. Vielleicht sind sie sehr hungrig und sehen uns schon als Leichen und ihre nächste Mahlzeit." Gruselig, Amir!

Um die Jungen von ihren schrecklichen Gedanken abzulenken, schlägt der Vater ein lustiges Spiel vor. „Wir spielen jetzt

Mühle. Ihr malt die Kästchen in den Sand und sucht schwarze und weiße Steinchen, mit denen wir schieben." Josias sammelt für sich die schwarzen Lavasteinchen. Amir sucht ganz helle Quarzsteinchen. Das Spiel beginnt, fast wie zu Hause auf dem Tisch. Nur müssen sie hier die Steine aus dem Sand hochheben. Und wie sie in Spielwut geraten! Und dabei merken sie gar nicht, wie die Zeit vergeht.

Als es schon fast fünf Uhr ist, gibt es noch immer kein Zeichen von Said. Um sechs Uhr wird es doch ganz schnell dunkel! Da erinnert sich der Vater, dass er in seinem Rucksack ein kleines Fernglas hat. Ohne den Jungen etwas zu sagen, nimmt er es heraus, schaut um die Ecke hinüber zu den Felsen mit der Höhle.
Was er da sieht, lässt ihn erstarren. Im Höhleneingang steht ein Mann mit einem schweren Gewehr, finster, zerlumpt und dreckig. Ein anderer hockt daneben. Was ist, wenn sie Said gefangen haben und ihn nun nicht mehr los lassen!
„Nur weg von hier. Helfen können wir im Moment nicht".
Den beiden Jungen aber sagt er nichts, damit sie nicht in Panik geraten.
So als ob nichts geschehen ist, meint er gelassen: „Wisst ihr, wir sollten jetzt aufbrechen. Said kennt den Weg. Er wird nachkommen." Dabei verschweigt er, dass er den Weg zurück gar nicht so sicher weiß. Entlang der Felswand aber kann er zumindest nicht ganz falsch sein. Dann wird es sich zeigen, ob er das Große Erg, erkennt. Aber es ist Eile geboten. Sie müssen schnell aufbrechen.

Sie sind noch nicht lange unterwegs, da hören sie Fußtritte hinter sich und Keuchen. Vater Friedrich zuckt zusammen. „Die Banditen? Gefahr? Gefangen?"

Nein, es ist Said, der sich dem Laufen einfach nur anschließt. „Pst. Schnell weg", flüstert er mühsam und rennt weiter. Nun müssen sie ihm im Dauerlauf nur einfach folgen. Der Weg ist noch lang, geht holprig über Geröll und Kies, und sie müssen höllisch aufpassen, aber schließlich erreichen sie die Große Düne, umrunden sie und sehen in der Ferne das Feuer im Zeltlager.

Es ist nun dunkel. Aber sie erkennen die Umrisse von Großvater und Osman, die ihnen lebhaft zuwinken.
Endlich, sie sind wieder zu Hause. Zunächst sind alle erst einmal froh. Kurzes Schweigen, aber dann überschlagen sich die Stimmen. Es war so viel los heute.
Das Wichtigste zuerst. Said ist so aufgeregt, dass er immer wieder stottert, weil er so schnell und viel berichten will.
„Ich habe unser weißes Kamel gefunden! In der großen Höhle drüben beim Schwarzen Abakus. Es ist noch ein anderes dabei. Aber sie werden am Eingang schwer bewacht von zwei Wächtern mit dicken Gewehren.

Als ich mich von oben anschleichen wollte, rutschte ich auf dem Felsen aus und sauste nach unten. Sofort waren sie zur Stelle und fesselten mich. Ich war ihr Gefangener, konnte mich nicht rühren. Dann fragten sie mich aus. Sie wollten so viel wissen, vor allem über euch.
Dabei wurden sie immer freundlicher zu mir, gaben mir sogar drei Datteln und zu trinken. Ich glaube, ich tat ihnen leid, denn der mit dem kleinen Gewehr musste die Seile um mich herum lockern, und ich war freier.
„Du läufst nicht weg", sagte der andere, „sonst... Hier ist das Gewehr." Ich setzte mich auf den Boden und tat so, als ob ich schlief. Die beiden unterhielten sich über Dinge, die ich nicht

verstand. Sie machten sich zu essen und kümmerten sich dann nicht mehr um mich. Auch sie setzten sich auf den Boden und dösten vor sich hin.
Als der Kleine einmal in die Höhle ging, sprang ich ganz leise auf und rannte los, bis ich euch einholte.
Ich habe große Angst, dass sie nun auf der Suche nach mir sind. Wir müssen unbedingt heute Nacht Wache halten. Sie werden mit ihren gefährlichen Gewehren kommen!"

Die Stimmung ist unheimlich, gedrückt. Niemand sagt ein Wort. Die Flammen lodern kräftig, züngeln hoch in die Luft. Das Holz knistert. Großvater hat einen dicken Ast aufgelegt, damit das Feuer weit zu sehen ist.
Da entdeckt Fatima, die Großmutter, in der Ferne zwei Reiter schnell herankommen. Sofort schießen ihnen die Banditen von der Höhle in die Köpfe. Schrecklich! Nun sind sie alle verloren. Banditen fackeln nicht lang. Die schweren Gewehre!
Aber Osman erkennt bald: „Endlich, Tarek und Omar!"
Die beiden waren den ganzen Tag unterwegs, haben andere Nomaden befragt, weite Strecken abgesucht, aber alles ohne Erfolg.
Als sie von Saids Abenteuer erfahren, können sie es nicht fassen:
„Was, das weiße Kamel so nahe bei uns!" Tarek schüttelt nur seinen Kopf. „Unglaublich."

Nun gibt es erst einmal eine dicke heiße Bohnensuppe mit kräftigen Gewürzen. Sie dampft in dem großen Blechtopf über dem Feuer. Großmutter hat dafür ein dickes Stück Trockenfleisch geopfert, das schon seit Stunden in der Suppe kocht, damit es auch richtig weich wird.

Als sie das Ganze noch einmal umrührt, steigt allen der Duft in die Nase. Die Aufregungen hatten den Hunger fast vergessen lassen, aber nun meldet er sich massiv zurück, und sie setzen sich rund um das Feuer.
Inzwischen ist es kühl geworden. Ein leichter Windhauch lässt die Flammen flackern.
Alle Kinder sind sehr müde. Es war aber auch ein langer Tag, ein Tag so voller aufregender, verrückter Ereignisse.

Schnell gehen sie noch mit Papier, Feuerzeug und Taschenlampe in die Dunkelheit. „Aber waschen brauchen wir uns wieder nicht!" Josias findet das toll.

Dann kriechen sie alle todmüde in ihre weichen Schlafsäcke.
Wovon sie wohl heute Nacht träumen?

Nächtlicher Aufbruch

Es scheint mitten in der Nacht zu sein, als Omar seinen Sohn Said weckt: „Du musst schnell aufstehen, aber leise. Wir brauchen dich."
Als Said gähnend aus dem Zelt tritt, fröstelt er. Morgens ist es einem immer kalt, vor allem, wenn man nicht ausgeschlafen ist und lieber auf seinem warmen Lager geblieben wäre. Aber wenn der Vater ruft, dann muss es etwas Wichtiges sein. Und schnell ist alle Müdigkeit verschwunden.
„Was er wohl mit mir vor hat?"
In der Morgendämmerung kann er schon die dunklen Umrisse des fernen Gebirges erkennen. Auf der Feuerstelle summt der Teekessel. Omar und Tarek haben die erste Tasse in der Hand, schlürfen heißen Tee und winken ihn nun zu sich.
„Du musst mitkommen. Wir brauchen dich!"

Josias ist wach geworden. Er hört undeutliches Diskutieren. Was da wohl los ist? Ach, die Nachtwache. Er ist froh, dass er für heute Nacht nicht eingeteilt war. Sicher wäre er irgendwann eingeschlafen, und wenn die Banditen sie dann überfallen hätten!?
So dreht er sich in seinem warmen, weichen Schlafsack noch einmal um und schläft wieder ein.

Tarek und Omar steigen auf ihre Kamele. Said sitzt hinter seinem Vater und hält sich an ihm fest. Am Abend zuvor hatten die Männer beschlossen, sehr früh morgens aufzubrechen, um noch vor Sonnenaufgang in der Nähe des Banditenverstecks zu sein.

Es ist gar nicht einfach, sich unbemerkt dort hin zu schleichen, denn vor der Felsenhöhle liegt die weite Geröllebene, die ja keinen Sichtschutz bietet. So müssen sie einen großen Umweg am Rand entlang des Felsmassivs machen.

An der Stelle, wo gestern die Freunde gewartet haben, halten sie an. Die Kamele müssen sich setzen und bekommen etwas zu fressen, damit sie ruhig sind. Hier sind sie alle erst einmal geschützt. Vorsichtig schauen sie um den Felsen herum. Noch behindert ein leichter Nebel die Sicht.
„Gut so", meint Tarek, „das ist ein kleiner Schutz".

Vorsichtig klettern sie auf den Felsen, um wieder von hinten an das Versteck zu kommen. Die Gewehre haben sie zur Drohung bereit. Immer wieder richten sie den Blick in Richtung Höhleneingang. Sie kommen näher, werden vorsichtiger, jeden Moment gewiss, dem Feind ins Auge zu sehen.
„Ist das wirklich die richtige Höhle?" fragt Omar flüsternd.
„Ja", versichert Said. „Ich weiß es ganz genau."

Sie werden nun mutiger, weil auch nicht die geringste Spur von Gefahr zu wittern ist. Sie warten. Vielleicht schlafen die Banditen noch. Nein, schlafende Banditen gibt es nicht. Sie müssen immer auf der Lauer sein.
„Dort haben sie gestern gesessen, zu beiden Seiten des Höhleneingangs. Und drinnen waren die Kamele. Ich war doch bei ihnen." Und als Beweis zeigt er ihnen nun die frischen Kamelhaufen neben dem Eingang. Und da, da ist das kleine Loch im Boden, in dem die nach Wasser gegraben haben. Ein wenig steht noch unten am Boden drin. Alles ganz frisch. Seltsam.

Heiße Spur im Sand

„Die sind abgehauen, noch in der Nacht", Omar spricht aus, was sie nun alle drei feststellen müssen. Ja, und nun? Sie sind kurz etwas ratlos, aber dann beschließen sie, „Wir müssen weiter suchen. Die können nicht weit sein."
Jetzt müssten sie eine Spur finden. Aber auf der vor ihnen liegenden weiten Fläche mit Geröll und kleinen Kiessteinchen ist es unmöglich.
Sie werden auch nicht in die Richtung des Zeltlagers gegangen sein. Also bleibt nur noch die andere Seite, die mit den großen sich überschneidenden Sicheldünen dort hinten.

Während die beiden Männer ihre Blicke mehr in die Ferne schweifen lassen, schaut sich Said das Gelände um sie herum in der Nähe genau an und macht die entscheidende Entdeckung.
Dort, wo das Geröll in die Sandfläche übergeht, entdeckt er leichte Trittspuren eines Kamels.
„Da schaut, wir sind richtig. Jetzt sind es Spuren von zwei Kamelen." Sie nehmen die Spuren in ihre Mitte und steigen mit ihnen hinauf gegen den Kamm der Düne.
Noch sind die Spuren gut zu sehen, denn der Tau der Nacht hat die obere Sandschicht ein wenig verfestigt. Wenn aber die Sonne heißer wird, trocknet sie aus, und der Wind kann sie schnell verblasen und mit ihr die Spuren. Sie müssen sich also beeilen. Aber oben auf dem Dünenkamm sind die Spuren bereits verschwunden. Der Wind ist hier oben kräftiger und hat sie zerstört.
„Und nun, wo geht's weiter?" Wieder ist es Said, der unten im Dünental die folgenden Spuren entdeckt. Er hat besonders

scharfe Tuareg-Augen. Schnell reiten sie hinunter. Wieder führen die Spuren hinauf, und oben suchen sie erneut. So geht es ein paar Mal.
Aber bald gibt es keine Spuren mehr. Sie sind verweht. Der Wind ist noch stärker geworden und die trocknende Sonne heißer. Sie steht hoch am Himmel und brennt auf sie herab. Ihre Suche scheint am Ende zu sein. Schatten, das wäre es jetzt.

Nicht weit entfernt liegt ein kleines Felsengebirge, das von Wanderdünen schon halb verschlungen ist, weil der Wind hier den Sand immer von der gleichen Seite heranweht. Für die Suchmannschaft kommt es gerade recht. Sie werden sich einen Schattenplatz suchen und dann weiterplanen. Aber auch die Banditen könnten sich diesen Platz ausgesucht haben. Also Vorsicht!
Als sie sich einem Felsvorsprung nähern, steht da ein Mann mit erhobenem Gewehr. Ein zweiter kommt gerade herbei. Sie scheinen den Suchtrupp schon vorher erspäht zu haben.
Noch auf dem Kamel zücken auch Tarek und Osman ihre Gewehre. Sie nähern sich.

Dann geschieht etwas, was sie nicht erwartet hätten. Der Bandit senkt sein Gewehr und kommt auf sie zu.
„Khalil", Tarek bringt es nur mit zittriger Stimme hervor. Sie reichen sich die Hände und halten sie lange, so als wollten sie sie festhalten, nur nicht wieder trennen! Sie fallen sich um den Hals. „Spinne ich? Das kann doch nicht wahr sein!"
„Doch, ich bin es!"
In wenigen Sätzen erzählt Khalil, wie es um ihn steht. Er weiß ja, dass die Eltern nicht weit von hier wohnen. So gerne möchte er sie sehen, auch wenn es nur ganz kurz sein kann.

„Nimm mich mit. Sie werden es nicht merken, diese Schufte! Heute Nachmittag sind wir wieder zurück."
Omar geht auf sein weißes Kamel zu, streichelt und liebkost es. „Mein treues Mehari." Noch glaubt er zu träumen und lässt es nicht los.

„Hassan muss mitkommen. Er ist mein bester Freund. Ich habe ihm viel von euch erzählt, und ich kenne sein Schicksal. Es ist noch viel schlimmer als meins."
Die beiden Männer packen schnell ihre dürftige Habe in ein Bündel. „Wir müssen uns beeilen", findet Khalil, „Die Kerle kommen heute Nacht, sicher. "
Jeder steigt auf sein Kamel. Said darf nun eines allein haben, denn der Vater nimmt sein weißes, teures Mehari.
Sie reiten nicht auf den Dünenkämmen. Da wären sie von weitem leicht zu erkennen, sondern in den Dünentälern. Nur kommen sie nicht sehr schnell voran, wie sie es von Rennkamelen gewöhnt sind. Hassans Kamel ist alt und klapprig. Es ist nicht mehr kräftig und schnell. So sitzt ihnen allen die Angst vor den echten Banditen im Nacken.
„Ihren Peinigern dürfen sie nie wieder begegnen", beschließt Tarek insgeheim.

Ein leichter Sandsturm nimmt ihnen die Angst, denn die Konturen der Dünen verschwimmen ein wenig. Von weitem sind sie nicht mehr zu sehen.
Den Kamelen macht der Sand nicht viel aus. Ihre langen Wimpern schützen ihre Augen, und die Nasenlöcher können sie verschließen. Die Männer dagegen ziehen ihren Schesch fast über die Augen. Said hat seinen sogar ganz darüber geschoben, denn sein Kamel kennt nun den Weg nach Hause und braucht keine Hilfe.

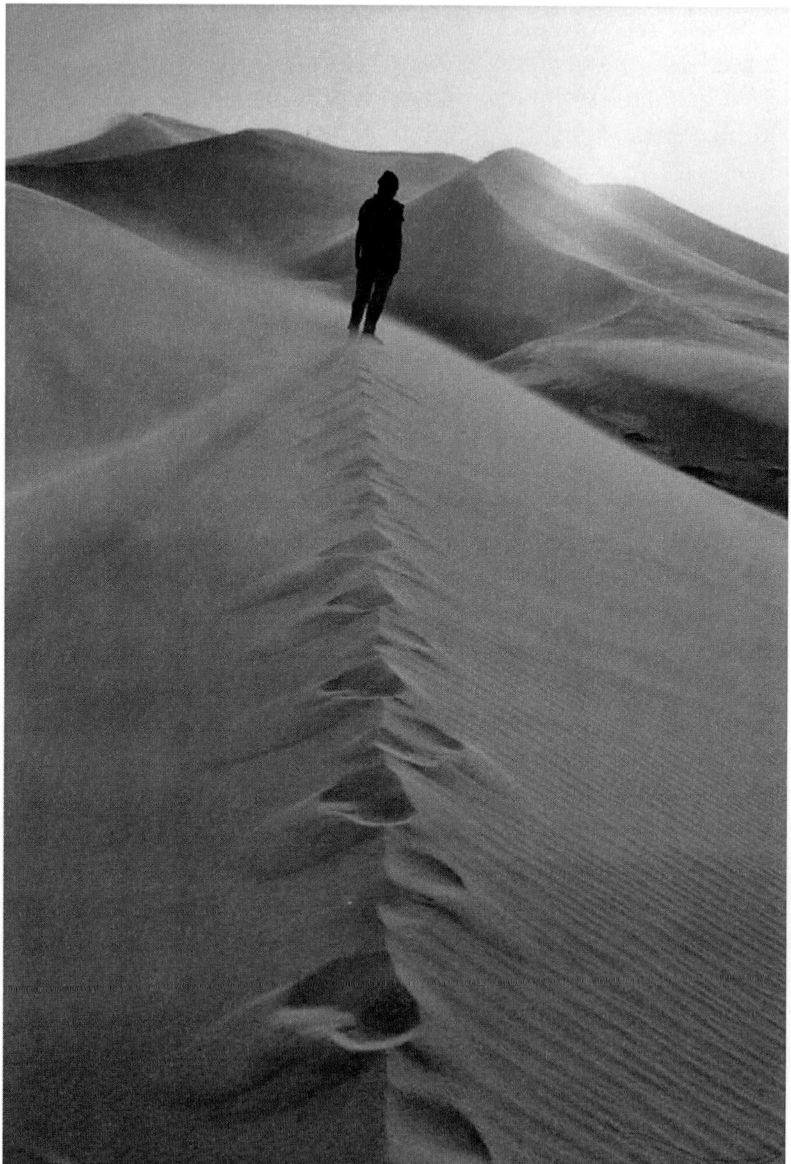

Heimkehr

Wieder hockt der Großvater auf der Anhöhe neben dem Lager. Da sitzt er zusammengekauert und wartet. Er lässt seinen Blick in die Ferne schweifen, gibt seinen Augen Schatten mit einer Hand, hält Ausschau.
Seine Gedanken gehen zurück in die Vergangenheit. Das weiße Mehari! Es war der Stolz der ganzen Familie, ja des ganzen Stammes gewesen. Weiße Kamele sind selten und deshalb kostbar. Die drei Knubbel auf dem Maul und der kleine Ziegenbart am Unterkiefer machen es zu einem Juwel und einer Kostbarkeit. Bei Kamelrennen hatte es schon viele Preise gewonnen. Es war ein prächtiges Tier. Weil er damals viel Geld verdiente, hatte er dieses elegante Kamel kaufen können und es seinem Sohn Omar geschenkt, als der die Führung seiner Kamelkarawanen übernahm. Und dieser Schatz sollte nun verschwunden, gestohlen sein!

Um ihn herum spielen die Mädchen, hüpfen und springen, lachen und singen. Sie teilen nicht die Sorge des Großvaters. Bisher wurden immer alle Kamele wieder gefunden. So würde es auch dieses Mal sein.
Die Banditen hatte die Mutter wohl überlegt verschwiegen. So waren sie den Tag über fröhlich um das Zeltlager herum gewesen, hatten geholfen, mit den kleinen Lämmern gespielt und mit dem Schafsbock getobt. Mit der Großmutter hatten sie Holz vom Wadi geholt, denn am Abend sollte ein großes Feuer gemacht werden.

„Da kommen sie!", Zahra rüttelt den Großvater aus seiner Versunkenheit. „Sie haben das weiße Mehari wieder!"

Der Großvater schreckt auf und traut seinen Augen nicht.
„Aber da sind ja vier Tiere! So schnell haben die sich vermehrt? Oder sollten es die Diebe sein, die nun ein Lösegeld wollen?" Davon hatte er immer wieder gehört. Ihm ist es unheimlich, denn noch kann er die Gestalten nicht erkennen.

Die Mädchen laufen in die Zelte, um Mutter und Großmutter zu holen. „Kommt ganz schnell. Das weiße Mehari. Und da sind noch andere Leute." Das ist in der Wüste eine Seltenheit, so dass sie alles liegen lassen und neugierig heraustreten.
Die Reitertruppe wird langsamer. Großvater sieht nun das weiße Kamel, und ein Lächeln huscht über sein faltiges, von der Sonne gegerbtes Gesicht. Er hatte so fest daran geglaubt, dass sie es finden.

Aber die Fremden, sie interessieren ihn doch sehr. Sehr feindlich scheinen sie nicht zu sein. Doch wenn sie es wären, so müsste er sie trotzdem empfangen und gar ein Nachtlager anbieten. Diese Gastfreundschaft ist ein strenges Gesetz in der Wüste. So manchem wurde dadurch das Leben gerettet, aber man hörte auch davon, dass Bösewichte es ausnutzten und den Gastgeber beraubten.
Als einer der beiden Fremden absteigt und auf den Großvater zukommt, werden alle ganz still. Großvater gibt ihm die Hand und sagt: "Salam aleikum, Fremder. Sei willkommen in unserem Zelt."
In dem Moment erkennt er ihn, seinen verloren geglaubten Sohn. Khalil, den er jahrelang nicht mehr gesehen hat, ist es tatsächlich. Anders sieht er nun aus, erwachsener. Der alte Mann schüttelt nur den Kopf. Dann nimmt er ihn fest in seine Arme und kann nur noch sagen: „Dass ich das noch erlebe! Danke, Allah, danke."

Khalil begrüßt jeden. Die Mädchen kennt er gar nicht, denn sie waren noch nicht geboren, als er plötzlich verschwand.

Er kann noch nicht viel reden. Das Wiedersehen mit seiner Familie, die Liebe und Herzlichkeit hier, wie lange hat er darauf verzichten müssen. Noch kann er es alles nicht begreifen.
Doch freuen kann er sich nicht, denn er muss wieder fort, zu den Erpressern, den Peinigern, die ihn zwingen, Verbrechen zu begehen, die ihn und seine Familie vernichten können.
Da kommt Omar und spricht das entscheidende Wort: „Khalil, du bleibst hier. Du gehörst zu uns. Wir lassen dich nicht in dein Verderben rennen. Wir alle werden für dich kämpfen. Und der Kampf wird gut ausgehen!"

Khalil ist sprachlos. Das war es, wovon er immer geträumt hat. Seine Familie nimmt ihn wieder auf, will sogar für ihn kämpfen. Da kann er keinen grausamen, unehrlichen Widerstand leisten, der ihn aus großer Angst zwingen könnte, wieder in das schreckliche Leben zurückzugehen.
Er geht zu seinem Bruder, nimmt beide Hände und schaut ihn lange an. „Danke", kann er nur sagen und ist nur glücklich. „Ich bleibe bei Euch."

„Nun gibt es erst einmal einen starken Tee, wie in alten Zeiten, Khalil", schlägt Omar vor. Er legt ein paar kleine Holzscheite auf die Glut, so dass die Flammen aufleuchten, geht in das Küchenzelt und holt Grüne Teeblätter, Gewürze, Wasser und Zucker. Als Khalil das blaue Emailkännchen sieht, wird er nachdenklich: „Wie früher, Mutter, nie wieder hat mir Tee so gut geschmeckt, wie aus Deinem Kännchen. Ich habe es all die Jahre sehr vermisst."

Während die Familie glücklich ist, steht Hassan, der Freund, verloren im Abseits. Er hat sich neben sein altes Kamel gesetzt und streichelt es. Seine Erpresser haben es ihm noch gelassen, ihm aber verkündet, dass es bald in den Schlachthof käme, weil es für ihre Zwecke nun nicht mehr tauge, sein treuer Gefährte aus guten Zeiten. In all dem Familientrubel hier ist er fast untergegangen. Er fühlt sich verloren und abseits der großen Familienfreude.
Wie glücklich Khalil doch sein kann!
Aber der hat ihn nicht vergessen, springt auf und holt ihn ans Feuer: „Das ist mein bester Kumpel, der Hassan. Ohne ihn hätte ich die schreckliche Zeit nicht ertragen."
Mehr gibt er noch nicht preis.

Großmutter Fatima und Mutter Aida hatten sich für das Abendessen etwas Gutes ausgedacht, eine dicke Hirsesuppe mit vielen Kräutern und Gewürzen, die sie gesammelt und getrocknet hatten. Omar hatte vorgestern drei dicke Würste aus der letzten Oase mitgebracht. Kleingeschnitten waren sie genau das Richtige für diese echte Wüstensuppe. Sie gab es nämlich nur, wenn die Karawane gute Geschäfte gemacht hatte. Sonst brachte Omar zehn oder mehr mit, aber dieses Mal hatte es nur für drei gereicht.

Das Lagerfeuer soll heute Abend ein Freudenfeuer sein. Khalil, der verlorene Sohn, ist wieder da! Sie haben das weiße Mehari zurückerobert, ein neuer Freund ist zu Gast.

Die Frauen haben sich beide buntgestickte Tücher über den Kopf geworfen. Sie strahlen in ihren offenen Gesichtern, denn sie sind nicht wie die Männer verschleiert. „Ist sie nicht schön,

meine Aida?" denkt Omar und ist immer noch richtig glücklich, dass sie ihn damals gewählt hat. Bei den Tuareg ist es nämlich die Frau, die sich ihren Mann aussucht. Sie ist sehr selbstständig und hat in der Familie viel zu sagen.
Die Tuareg-Männer dagegen zeigen ihre Gesichter nie. Sie haben das große Tuch immer auch über den Mund geschlungen, schieben es nur zum Essen mit geübtem Handgriff hinunter. Das Leben draußen in der Wüste ist hart, die Haut gefährdet.

Osman holt den dicksten Ast herbei und viele kleine dazu. Die Flammen lodern auf, das Holz knistert. Kleine Rauchwölkchen kringeln sich hoch in die dunkle Nacht. Heute teilt Aida die Suppe aus. Sie gibt jedem eine dicke Kelle voll in die Schüssel und streut noch ein wenig getrockneten Ziegenkäse darauf. Alle sind zufrieden, löffeln ihre Suppe und loben die Köchinnen.
Nur Hassan schaut manchmal auf, lässt seine Blicke in die Ferne schweifen, als suche er etwas.

Schließlich sind alle satt. Jeder nimmt seinen Löffel und die Schüssel, um sie kurz ein paar Mal tief in den Sand zu stecken. Wisch! Damit ist das Geschirr sauber, und Rana, das älteste der Mädchen, sammelt alles ein.

Angst vor den Banditen

Es ist draußen richtig kühl geworden, aber das Feuer wärmt. Hell züngeln die Flammen. Die berstende Glut knackt und spritzt Funken in die Luft.
Josias steht auf. Er muss mal und verschwindet, bleibt dann stehen. Über ihm das weite Sternenzelt. So haben es auch die Kinder Israels in der Bibel erlebt, als sie 40 Jahre durch die Wüste zogen. Und die Pharaonen vor Tausenden von Jahren. Er fühlt sich mitten im Geschehen der Menschheitsgeschichte. Da, eine Sternschnuppe, die gleich verglüht und der winzige Satellit, der pfeilschnell seine Bahn zieht. Ihn gab es damals noch nicht.
Als er zurückkommt, sitzen sie immer noch alle still im Sand, beobachten das Flackern der Flammen. Wohin schweifen all ihre Gedanken?

Hassan ist unruhig. Sein ängstlicher Blick tastet immer wieder den Horizont ab. „Wenn sie nun kommen, die Schurken! Sie werden uns suchen, und wenn sie uns finden, dann sind alle verloren. Sie kennen keine Gnade!" Diese Gedanken lassen ihn nicht los.
„Vielleicht sollten wir doch wieder zurückreiten. Noch ist es Zeit. Noch merken sie nicht, dass wir weg waren", flüstert er Khalil ins Ohr. „Nein", sagt der laut und entschlossen, dass es alle hören. „Ich gehe nicht mehr zurück. Denk daran, was sie dir und deiner Familie angetan haben. Wie sie uns erpressen."

„Was tun sie denn?" will Said wissen, denn nun ist er neugierig geworden.

„Erzähl du es ihnen", sagt Hassan, „Ich kann es nicht. Es ist zu schrecklich."
„Wir sind wie in einem Gefängnis, wir beide und noch drei andere. Sie halten uns wie Sklaven. Wenn wir etwas tun würden, was ihnen nicht passt, dann drohen sie, uns und unsere Familien umzubringen. Bei einem Kumpel haben sie das schon getan. Sie zwingen uns, alles zu tun, was sie befehlen."
„Und nun haben sie sich etwas Gemeines ausgedacht, womit sie viel Geld machen können." Man sieht, wie Hassan wütend wird. „Sie zwingen uns, da mitzumachen!"

Und Khalil fährt fort: „Sie überfallen Touristen aus Europa, rauben sie aus und nehmen sie gefangen! Sie verstecken sie in Höhlen der Tassilo Berge, und wir müssen die bewachen und verpflegen. Dann müssen die Gefangenen ihre Verwandten anrufen und sagen, dass sie nur frei kommen, wenn die eine hohe Summe Lösegeld bezahlt haben.
Und wehe, wenn wir da nicht mitmachen. Dann drohen sie besonders scharf. Aber dann seid auch ihr alle in größter Gefahr. Sie wissen von euch. Morgen werden sie wieder am Bidon Brunnen sein. Daran kommen immer Touristen vorbei auf dem Weg in den Süden.
Wir sind schon eingeteilt und müssen morgen früh dort sein."

Nun sind wirklich alle in höchster Spannung. Da muss etwas geschehen. Man spürt richtig, wie angestrengt Gedanken durch die Gehirne schießen.

Es ist äußerste Ruhe in der Runde. Nur die Flammen züngeln lebhaft um die Hölzer herum und bewegen sich im leichten Wind.

Da beginnt Osman bedächtig und langsam einen Gedanken zu entwickeln, der vielleicht nicht schlecht ist: „Ich habe doch ein Satellitentelefon. Wie wäre es, wenn wir die Polizei benachrichtigen und die Sache aufgedeckt wird? Ich habe auf meinem i-pad gelesen, dass da wieder Kidnapper, also Geiselnehmer, in der Gegend sein sollen. Für Hinweise wurde eine hohe Summe angegeben."
„Aber dann sind wir dran. Wenn wir nicht heute Nacht schon am Bidon Brunnen erscheinen, dann wissen sie genau, wer sie verraten hat", gibt Khalil erregt zu bedenken.
„Außer den drei Banditen sind doch alle Helfer froh, wenn die Sache auffliegt. Oder?" Osman lässt nicht locker. „Wir müssen handeln".

Und schon hat er sein Telefon herausgeholt, scheint mit ihm herumzuspielen, aber er sucht die Nummer der Örtlichen Polizeistation und findet sie schnell.
„Also, ich wähle!?" Einen Moment wartet er. Vielleicht gibt es noch eine bessere Idee. Aber er braucht auch die Zustimmung der anderen. Nun drückt er die Taste.
„Hallo, hier Osman. Wer ist zuständig für die Aufklärung von Geiselnahmen? Ja, ich habe wichtige Infos. Bitte sofort. Größte Gefahr, höchste Eile".
Er muss warten. Minuten werden endlos lang. In der Runde ist alles in fast unerträglicher Spannung.
„Ja, hier Osman. Wir wissen, wo morgen Geiseln genommen werden sollen. – Kann ich sicher sein, dass keine Namen genannt werden? – Zwei Helfer wollen aussteigen aus der Bande. – Es sind insgesamt drei Chefs und fünf Helfer. – Morgen Mittag in der Nähe vom Bidon Brunnen. Verstecke verrate ich später."

Osman legt auf. „Wenn die mehr wissen wollen, rufen sie zurück."
Nun ist es heraus. Hassan und Khalil wissen nicht, ob sie erleichtert sein können. Oder steht ihnen doch Schlimmeres bevor? Während Hassan sich verloren sieht, seine Familie vernichtet und ausgerottet, ist Khalil eher entlastet. Er hofft auf Rache an ihren Peinigern.
Aber dann! Er springt auf, schreit: „Nein! Wir sind alle verloren! Allah, hilf uns:"

Aus der Dunkelheit, noch sehr weit entfernt, tauchen zwei Gestalten auf. Mit ihren Kamelen sind sie sehr schnell. Bald kann man sie erkennen. Tuareg haben ja sehr scharfe Augen.
Omar springt auf, läuft ihnen entgegen und ruft erleichtert: „Freunde! Seid willkommen!" Sie springen herab, kommen heran und grüßen: „Salam Aleikum".

Als sie die beiden, Khalil und Hassan, erblicken, stutzen sie. Khalil hier? Der ist doch schon lange aus dem Gedächtnis der Familie entschwunden? Und der andere? Und dann das weiße Kamel?
„Wir sind gekommen, um euch zu helfen. Es hat sich herumgesprochen, dass euer prächtiges Kamel, der Stolz der ganzen Gegend, verschwunden ist. So haben wir uns gleich auf den Weg gemacht, um für euch zu suchen."
Sie setzen sich in die Runde, und dann wird viel palavert, geredet. Sie erfahren, wie das Kamel erobert wurde und was morgen geschehen soll.

„Darauf trinken wir einen kräftigen Tee."

Tarek bereitet ihn im Küchenzelt und kommt mit einem Tablett voller Teegläser zurück. Im hohen Bogen füllt er sie und gibt jedem ein Glas.
Auch die drei Jungen bekommen eins und sind stolz, dass sie in die Männerrunde gehören. Die Mädchen sind schon zum Schlafen im Zelt verschwunden.

Dann holt Osman einen großen leeren Wasserkanister aus dem Zelt und setzt sich. Leise beginnt er, auf ihm zu trommeln. Alle Stimmen erlöschen. Dann wird er lauter, macht Pausen, wird leiser.
Ein leichter Windzug ist zarte Begleitung. Knacken der Glut. Vater Friedrich hat die Augen geschlossen. Seine Ohren, seine Seele sind weit geöffnet. Welche Geschichten holt Osman da aus der Trommel und erzählt sie ihnen in der Kühle der Wüstennacht?
Könnte er diesen Moment doch festhalten!

Noch in der Nacht wird Osman auf dem Telefon zurückgerufen. Die Polizei will weitere Informationen.

Überfall

Khalil wartet in einem Jeep dicht neben dem Brunnen. Hassan und ein anderer Kumpel sitzen daneben auf dem Boden im Sand. Sie sind schon mindestens zwei Stunden dort und warten. Sie warten auf ihren nächsten Überfall. Die Frontklappe des Autos ist hoch gestellt.
Dieser Brunnen ist immer das Endziel von Touristen, die von der Stadt aus einen Tagesausflug in die Wüste machen. Außerdem fahren hier viele Europäer mit dicken Geländewagen vorbei auf dem Weg in den Süden. Und die sollen immer reich sein!
Bald sehen sie von weitem einen grünen Jeep auf der Piste. Schnell springen sie an ihre Arbeit. Khalil tut so, als ob er an seinem Motor bastelt, Hassan sitzt am Steuer und probiert zu starten.
Der Jeep hält und der Fahrer steigt aus. Er ist sehr freundlich und fragt: „Was habt ihr? Können wir euch helfen? Mein Freund hier ist Automechaniker."
Schon springt der aus dem Auto und ist bei der geöffneten Motorhaube.
„Es gibt auch noch nette Menschen", denkt Hassan. Er ist Freundlichkeit nicht mehr gewöhnt. „Die können wir doch nicht kidnappen!" Er hat große Bedenken, aber die Angst vor ihren Chefs gewinnt und zwingt ihn zur bösen Tat.

In diesem Moment kommt ein ihnen wohl bekannter Kleinlaster angebraust. Drei kräftige, große Männer mit maskierten Gesichtern springen heraus, zücken ihre Gewehre und richten sie auf die freundlichen Männer. Die sind wie gelähmt, denn

sie wittern die Gefahr. Sie haben ja von Überfällen gehört, sind aber nun doch sehr überrascht. Und jetzt?
Sie versuchen sehr freundlich mit den Banditen zu reden, aber es nützt nichts. Khalil und Hassan und drei weitere Helfer halten die Seile schon bereit, mit denen die beiden Touristen gefesselt werden sollen. Das gelingt ihnen ohne Gewalt, denn die Gewehre zielen genau auf sie. Jetzt muss Khalil die Schlinge festzurren, da...

Es ist gegen Morgen. Noch schlafen alle im Zelt.
„Nein!", schreit Khalil plötzlich laut auf. „Nein! Nicht schießen! Hilfe!"
Tarek neben ihm weckt den schreienden Bruder aus seinem bösen Traum. Der ist in Schweiß gebadet und findet sich zunächst nicht zurecht.
„Wo bin ich denn? Ich will es nicht mehr, will nicht mehr dieses mörderische Spiel mitmachen!"

Erst als ihn sein Bruder liebevoll auf die Schulter klopft, weiß er, wo er ist. Zu Hause. Er zittert am ganzen Leib, und es dauert lange, ehe er sich beruhigt hat.
Der Traum war schrecklich, doch so wäre es gewesen.
Schlafen können aber nun alle nicht mehr.

„Kamelmilch nicht für mich!"

Als Josias zum Zelt hinaus tritt, schüttelt er sich vor Kälte. Es war so schön warm in seinem Schlafsack. Aber hier draußen ist es richtig kalt. „Wir sind doch in Afrika, in der Wüste!" sagt er zu seinem Vater. „Hast Du geahnt, dass man hier so frieren kann? Ich glaube, zu Hause in Deutschland ist es heute Morgen nicht so kalt, wie hier in der Sahara." Er holt sich schnell seine warme Jacke und zieht sie an.
„Das kann gut sein", weiß der Vater, „Wahrscheinlich breitet sich da auch eine schützende Wolkendecke über das Land. Die hält die hochsteigende Tageswärme fest und lässt keine Nachtkälte aus dem Weltall auf den Boden sinken. Hier gibt es keine Wolkendecke. Tagsüber knallt die Sonne heiß herunter, nachts steigt die warme Luft hoch, und die kalte aus der Atmosphäre kommt herunter. So können die Unterschiede zwischen Tag und Nacht sehr groß sein. Hier in der Wüste kann es sogar nachts Frost geben."
Josias springt hinüber zum wärmenden Feuer. Da sitzt schon die Männerrunde und schlürft heißen Tee. Wie duftet es heute stark nach Pfefferminze!

Es ist dämmerig, der Mond steht noch hoch am Himmel. Aber es dauert nicht lange, da zeigt sich hinter der großen Düne ein winziger glutroter schmaler Streifen, wird schnell größer und ist dann ein glühender roter Ball: Sonnenaufgang.
Noch nie hat Josias die Sonne so feurig erlebt. Die Dünen am Horizont erscheinen rötlich-gelb, orange. „Ein Wunder", denkt er, „so schön."

Aida hat schon in aller Frühe Kamele gemolken. Für die Kinder zum Trinken. Kamelmilch? Diesen Gedanken findet Josias scheußlich. „Nicht für mich! Nein, nie!" Wie kann er sich nur darum drücken? Wegschütten? Geht nicht. Das würden sie merken und könnten die Verschwendung überhaupt nicht verstehen. Dann werde ich mich übergeben und brauch sie nie mehr trinken. Punkt."
„Davon wird man groß und stark", sagt die Tante und reicht sie ihm in einem Blechbecher. Sie ist noch richtig warm. Kamelwärme, war eben noch im Kamelbauch. Und nun soll die fremde Wärme in ihn übergehen? Der Gedanke gefällt ihm überhaupt nicht. Höflich bedankt er sich, stellt den Becher aber erst einmal in den kühlen Sand. Er wartet ab.

Als dann die Fladen fertig sind und die Großmutter Sand und Asche abklopft, kommen die beiden anderen Jungen angelaufen. Sie haben gerade noch ein Ziegenbaby eingefangen, das seinen Weg nicht mehr zur Mutter ins Gatter finden konnte und jämmerlich meckerte.

„Da sind wir gerade richtig". Amir nimmt hastig seinen Becher und trinkt die mit Wasser verdünnte Milch in einem Zug aus. „Schon in Deutschland habe ich mich auf Deine Kamelmilch gefreut, Tante Aida. Nirgends in Deutschland gibt es sie, nur bei dir hier in der Wüste.
Was meinst du, Josias, warum ich so stark bin und den Henry umlegen kann?" Er tut das zu Hause manchmal in der Pause auf dem Schulhof, und dann sind alle mächtig beeindruckt. Das ist also das Geheimnis. Vorsichtig trinkt nun auch er und stellt fest, dass Kamelmilch richtig gut schmeckt. Bei zwei Bechern

muss man noch stärker werden. Der Henry, der wird sich wundern!

Die Erwachsenen beschließen, heute mal nur im Lager zu sein. Die letzten Tage waren so aufregend, dass erst einmal Ruhe einkehren muss. Für Khalil ist es gut, einfach nur wieder zu Hause zu sein.

Bei Hassan aber schießen tausend Gedanken durch den Kopf. Was wird aus ihm, was macht seine Familie? Dann wieder die schlimme Vorstellung an ihre Unterdrücker. „Sie werden feststellen, dass wir abgehauen sind. Aber sie brauchen uns für die Geiseln. Werden sie uns suchen? Kommen sie hier her? Das wäre das Ende". Hassan kommt nicht zur Ruhe.

Die Kinder toben um die Zelte herum, spielen Fangen, rennen um die Wette. Großmutter Fatima wird wieder ins Wadi gehen, denn dort gibt es für die Ziegen und Schafe genug zu fressen. Sie packt ihr kleines Bündel mit Verpflegung.

„Könnt Ihr mir die Tiere aus dem Gatter holen?", bittet sie die Kinder. „Aber vor dem Ziegenbock müsst Ihr Euch in Acht nehmen. Der ist heute richtig frech."
Das ist natürlich genau die richtige Warnung für Amir. „Dem werd' ich es zeigen." Er hatte sich schon in aller Frühe mit ihm angelegt, als er ihn mit einem langen, dünnen Stöckchen durch die Absperrung hindurch kitzelte.
Als er das Tor auf macht, schießt der Bock blitzartig heraus, gerade auf ihn zu. Amir will ihn eigentlich an den Hörnern packen und ihn vor Aller Augen herumschleudern. Doch es kommt anders. Mit gesenktem Kopf rennt der Wütende auf ihn

zu und wirft ihn um, rennt dann mit der Herde weiter, ohne ihn zu beachten.

„Der ist aber verdammt stark, hätte ich nicht gedacht", stöhnt Amir und leckt einen Tropfen Blut von seiner Hand ab, die mit Wucht auf einen Stein geschlagen war.

Hatte er vorher noch mit dem Gedanken gespielt, doch mit ins Wadi zu gehen, stand nun fest: Nein, auf keinen Fall.

Gefahr aus dem Sand

Es ist noch nicht sehr heiß heute Morgen. Die drei Jungen haben Lust, etwas zu unternehmen. „Lasst uns doch wieder zum Großen Erg gehen, der Düne da drüben." Damit sind alle drei Jungs einverstanden, und sie marschieren fröhlich los, zunächst über groben Schotter, dann Kies, bis sie auf den Sand kommen.
Plötzlich sehen sie alle drei gleichzeitig ungefähr einen Meter vor ihnen eine etwa armlange Schlange aus dem Sand hervorschießen.
„Stopp", schreit Said. „Die ist sehr giftig. Stehen bleiben." Sie bewegt sich sehr schnell auf einen Tamariskenbusch zu und ist verschwunden. Aber Josias hält sich nicht daran, schleicht ihr nach. Er will sie wieder herauslocken und genauer ansehen, aber da zieht ihn Said gewaltsam zurück.
„Bist du noch zu retten?" brüllt er ihn an, „Das war eine Hornviper. Die lag ruhig unter der Sandoberfläche und schützte sich vor der Tageshitze. Aber durch unsere Tritte wurde sie aufgeschreckt, kam heraus und floh. Wenn Du ihr nun nachgehst und sie nicht mehr fliehen kann, dann greift sie aus Angst an. Und wehe dem, den sie erwischt. In ihren scharfen spitzen Zähnen hat sie ein tödliches Gift. Wenn sie dich beißt, dann stirbst du qualvoll."

Jetzt erinnert sich Josias, an den kleinen Laden in Tam, in dem sie die Tücher gekauft haben. „Da war doch eine Hornviper in einem Glas in Spiritus eingelegt. Die hatte doch auch die zwei spitzen Hörnchen oberhalb der Augen und die scharfen Zähne. Genau, diese hier war ja auch so sandgelb-braun gemustert. Er erinnert sich nun bestens.

Im großen Bogen um den Busch herum gehen sie weiter. Amir stellt sich mit Schrecken vor, was er wohl getan hätte, wenn sie sich an Josias' Bein fest gebissen hätte. Ob er ihren glatten Körper gepackt hätte, um sie los zu reißen? Sie hätte sich dann sicher an seiner Hand verbissen. Schrecklich! Nun wird ihm klar, warum es immer heißt: Schuhe bis zu den Knöcheln!

Sie gehen zwar weiter, aber eigentlich ist ihnen die große Lust an der Rutschpartie im Sand vergangen. Wo eine ist, da kann auch noch eine sein. Auch Said ist bei dem Gedanken nicht ganz wohl.
Also drehen sie um und schlendern zum Lager zurück.
In der Mittagshitze ist es dort ruhig. Die beiden kleinen Mädchen spielen im Sand mit ihren winzigen, geschnitzten Holzkamelen, legen sie in Sandkulen schlafen, bedecken sie mit Sand, reden mit ihnen, so wie es in Deutschland Mädchen mit ihren Puppen tun.
Zahra wiegt ihre neue kleine Puppe sanft im Arm und summt ein Lied für sie.
Die Erwachsenen hocken irgendwo oder liegen auf einer Matte. Es ist heiß, kein Wind weht. Die Luft flimmert in der Ferne.

„Habt Ihr auch Hunger?", fragt Said, „Ich schon. Kommt, wir holen uns was zu essen. Vor dem Küchenzelt liegen auf einem Tuch verschiedene getrocknete Früchte, Datteln, Feigen, Nüsse, Pflaumen. Oh, Großmutter ist heute großzügig. Sonst gibt es nur eine Sorte. Nur zu ganz besonderen Gelegenheiten spendiert sie so viele. Und wie die schmecken! Die Jungen greifen kräftig zu.

In der Mittagshitze haben auch sie keine große Lust zu weiteren Unternehmungen. Es ist windstill. Sie gehen hinter das große Zelt und hocken sich in den Schatten, als sie plötzlich aufgeschreckt werden von einem Rauschen oder Donnern, jedenfalls von einem tosenden unheimlichen Geräusch. Das hat Josias noch nie gehört, denn in der Wüste gibt es nicht so viele laute Töne. Es gibt doch weder Flugzeuge noch Autos hier. Sind das etwa Wüstengeister? Werden sie jetzt vom Weltuntergang überrollt? Ängstlich schaut er zu Said hinüber.

„Da drüben", sagt der, „singen gerade die Dünen. Stellt euch vor, erst vor kurzem haben Franzosen herausgefunden, wie das kommt. Wenn bei großer Trockenheit Wind über den Dünenkamm streicht, dann entstehen leicht Sandlawinen auf der Leeseite, der Gegenseite. Wenn sich dabei die Sandkörner reiben, können unterschiedliche Klänge entstehen.

`Singende Dünen´ nennen sie es. Josias ist beruhigt.

Das muss er unbedingt zu Hause im Schulchor erzählen.

Seltsame Ladung

Am Nachmittag tut sich wieder etwas, das die Aufmerksamkeit aller auf sich zieht. Großvater hat es entdeckt, als er, wie so oft, seinen Blick in die Ferne schweifen lässt.
„Da kommt eine Karawane!" ruft er den Kindern zu. „Vielleicht kenne ich die Leute. Und wenn nicht, dann halten sie trotzdem. Manchmal kommen sie her, halten bei uns. Dann trinken wir zusammen Tee, und sie bringen Neuigkeiten aus den Oasen mit."
Es dauert noch länger, ehe die Karawane endlich unter den Schirmakazien da drüben hält. Es ist nur eine kleine. Aber seltsam die Ladung! Sechs Kamele sind nicht wie sonst mit Kornsäcken oder Salzplatten beladen. Da steigen Menschen ab. Und auf den anderen ist alles andere als die gewohnte Last. Aber die Jungen können nicht erkennen, was es ist.
„Kommt, wir wollen mal sehen, was da los ist." Amir ist neugierig geworden. Natürlich sind es die anderen auch. Und schon rennen sie los.

Von den Karawanenleuten werden sie gar nicht beachtet. Die sind beschäftigt. Aber die Jungen sehen nun, was es ist. Lustig! Eine Menschenkarawane. Seltsam. So etwas hat auch Said noch nicht erlebt. Da steigen keine Einheimischen ab. Das müssen Europäer sein. Sind das Touristen? Mit Rucksäcken sind die unterwegs, haben Jeans an und wüstenfarbige Jacken oder Hemden. Von einem Kamel wird ein großer Sack abgeladen, in dem es klappert. Spannend. Ach ja, Blechgeschirr. Sie sehen es, als ein Helfer den ganzen Inhalt auf einer großen Plane ausbreitet. Die Küche! Schüsseln, der Gaskocher, Töpfe, Dosen, Zwiebeln, Säcke.

In Windeseile baut er alles auf, zündet den Gaskocher an und gießt Wasser in einen großen Topf.
Andere bauen drei Zelte auf, während die Gäste in ihrem Gepäck kramen.

Erst jetzt merken die drei Jungen, dass es schon spät geworden ist. Die Sonne ist längst untergegangen. Gleich fällt die Dämmerung ein. Und so sausen sie los, rennen um die Wette nach Hause.
Und dann passiert es. Josias rutscht aus, stolpert und knallt so richtig fest mit seinem Knie auf einen spitzen Stein. Es tut mächtig weh, aber er reißt sich zusammen und rennt weiter. Erst zu Hause sieht er, dass Blut durch das Hosenbein sickert.
Da erweist sich die Großmutter wieder als Rettungsengel, denn auch dafür hat sie ein Heilmittel aus der Wüste.
„Es beißt erst einmal, aber da musst du durch", befiehlt sie und legt ein paar getrocknete Blätter auf die blutende Wunde. Und siehe, das Bluten hört bald auf und auch der zwickende Schmerz.

Nach dem Abendessen sitzt die Familie wieder um das Feuer herum. Die Jungen erzählen weiter von ihren Beobachtungen drüben bei der eigenartigen Karawane.

„Ob die wohl heute am Bidon Brunnen..." Khalil kann den Satz nicht zu Ende sagen, da zeigt Aida ins Dunkle. Ein Reiter kommt. Und schon zucken die beiden Geflüchteten zusammen. Es ist ein Fremder. Der Großvater kennt ihn nicht. Dennoch begrüßt er ihn sehr freundlich und lädt ihn ein in die Runde.

„Die drei Jungen kenne ich doch", sagt der Mann freundlich. „Sie haben euch sicher von uns da drüben berichtet." „Ja, und von eurer seltsamen Ladung. Erzähl."

Aber erst einmal gibt es den Freundschaftstrunk, den starken gewürzten Tee, den Großvater wie immer in hohem Bogen in die kleinen Gläser gießt. Jeder nimmt sich eins und schlürft ihn genüsslich.
„Ihr wisst, die alten guten Zeiten für uns Karawanenleute gehen zu Ende. Die Regierung baut Straßen, und die Lastwagen, unsere Feinde, können die Waren sehr schnell und sehr billig transportieren. Ich habe nichts mehr verkaufen können.

Da kam eines Tages auf dem Rastplatz am Rande der Stadt ein freundlicher Ausländer auf mich zu und fragte, ob ich ihn und seine beiden Freunde für einen Tag in die Wüste führen könne. Er wolle mich gut bezahlen. Ein Geschenk des Himmels. Er kam gerade, als ich kein Geld mehr hatte, um Essen für meine vier Helfer zu kaufen. So fing es an."
„Und nun bist Du ein reicher Mann. Triffst viele nette Ausländer und kannst weiter in der Wüste sein!" Said ist neugierig geworden.
„Es war eine große Umstellung, besonders als wir anfingen, mehrere Tage unterwegs zu sein. Wir mussten neue, bequeme Sättel kaufen, einen Kocher, Geschirr, Matten, vor allem kleine Zelte.
`Wüstentrekking´ nennen sie es.
Es ist aber nicht immer einfach mit den Leuten. Gestern hatten wir eine Frau, die nach ein paar Stunden anfing zu schreien: „ Ich halt es nicht mehr aus. Es ist zu heiß, ich kann nicht mehr

auf dem Kamel sitzen, ich ersticke. Sie war nicht zu beruhigen und wollte einfach nur weg. Aber wohin?
'Wüstenkoller`, sagte einer der Touristen.
Wir waren schon weit in der Wüste! Dann fiel mir der Bidon Brunnen ein. Dahin kamen doch immer die Tagesausflügler mit den Jeeps. Und richtig. Gerade war wieder eine Jeep-Gruppe dort.
Ein Glück! Die Frau wurde von ihr mitgenommen und später in ihr Hotel transportiert. Da wartet sie nun, bis wir wieder zurückkommen."

Bei dem Wort 'Bidon Brunnen` schreckt Khalil zusammen, „Wann war das gestern? Habt ihr da irgendetwas Besonderes gesehen oder erlebt?"
„Nein, wir nicht. Wir waren nachmittags da. Vormittags soll da irgendetwas gewesen sein. Mit Polizei. Bei uns war es nur lustig. Die Touristen fragten uns, ob sie sich wohl mal auf die Kamele setzen dürften und fotografierten sich dann von allen Seiten.
Eine Frau hielt ihr Gesicht dicht an das von meinem Kamel. Das sollte ein super Foto werden. Aber das Kamel spuckte ihr frech ins Gesicht. Gut gemacht, dachte ich nur. Das Beste war dann das dicke Trinkgeld. "

„Und wie geht es nun weiter?" fragt Omar, denn es interessiert ihn sehr, wie es dem Führer einer Touristenkarawane geht.
„Morgen wollen wir in der Oase Tenduit übernachten und dann kehren wir um."
Als Hassan den Namen der Oase hört, wird er ganz aufgeregt. Das ist doch die, in die seine Frau mit den Kindern nach seinem Verschwinden geflüchtet ist. So nah!? „Nehmt mich mit!" platzt es aus ihm heraus. Seine Frau, seine Kinder! Wird

er sie endlich wiedersehen? Wird er dort alles Schreckliche hinter sich lassen können?

Sehr schnell sind sie sich einig. Morgen früh, lange vor Sonnenaufgang, werden sie starten. Dann ist es noch kühl, und sie schaffen eine lange Strecke.

Todesangst in der Höhle

Die Jungen haben sich für heute vorgenommen, gleich nach dem Frühstück auf Entdeckungstour zu gehen. Die hohen Felsen oberhalb des Lagers, schwülstig und rund geschliffen, locken. Da müsste man gut klettern können. Said ist bisher noch nie dort gewesen, und so ist es für alle drei spannend. Sie wollen den Erwachsenen davon nichts verraten, weil es dann prickelnder ist. Allzu oft verbieten die ja auch, was besonderen Spaß macht. Vorsorglich nehmen sie ihre Taschenlampen mit. Zünftige Abenteurer haben nämlich immer eine dabei. Es könnte ja sein, dass sie sie brauchen, auch wenn es hier unwahrscheinlich ist, aber man weiß ja nie.

Es geht gleich durch tiefen Sand. Doch nach dem Erlebnis mit der Hornviper gestern sind sie vorsichtig, fast ängstlich. Wie viele Spuren sie wieder sehen! Kreuz und quer laufen sie über den Sand, schmale, breite, winzige, aber auch gesprungene.
„Seht, das ist eine Wüstenspringmaus. Die sieht aus wie ein kleines Känguru, hat sehr lange Hinterbeine, mit denen sie fast einen Meter weite Sprünge machen kann, und winzige Vorderfüße. Weil sie viele Feinde hat, wie den Wüstenfuchs, muss sie raffiniert springen können. In großen Abständen sieht man die Spuren ihrer Hinterfüße.
Und hier, ganz breitbeinig hat ein dicker Käfer seine Bahn gezogen.
Die Tiere kommen ja nur nachts an die Oberfläche, wenn es kühl ist. Aber das wissen sie doch schon. Hier, prima zu sehen, hat ein Wüstenleguan mit einer Beute gekämpft. Man kann sehen, wie sie sich im Sand gewälzt und mit einander gekämpft haben. Die Beute muss verschlungen worden sein, denn ihre

Spur gibt es dann nicht mehr. Ein Stückchen weiter ist der Leguan unter den Sand getaucht. Wenn wir hier graben würden, dann hätten wir ihn bald."
„Ist es nicht anstrengend für die Tiere, sich in den Sand hineinzubohren?" fragt Josias, denn sie selbst kämpfen sich doch immer mühsam die Dünen hinauf. Aber Said weiß auch darauf eine Antwort:
„Stell dir vor, heißer trockener Sand ist für sie wie Wasser, in das sie eintauchen. Außerdem haben sie alle eine glatte Oberfläche oder die Schuppen liegen nach hinten an, und flutsch sind sie verschwunden."

Josias macht die Hornviper von gestern weiter zu schaffen. „Wie sehen denn die Spuren von anderen Schlangen aus". Das muss er unbedingt wissen. Er weiß nämlich, dass sie sehr unterschiedlich sein können. Nicht alle schlängeln im Sand. Said hat zwar noch nicht viele gesehen, aber er weiß, dass einige fast springen und nur gerade kurze und schräg parallele Striche hinterlassen, keine Schlängellinien.
„Damit sie den heißen Boden nur wenig berühren müssen."
Also halten die drei danach Ausschau, sehen aber keine Spur.

Sie stehen vor den mächtigen Felsen. Und was lockt sie da? Natürlich. Hinauf. Die ersten Trittstufen sind schnell gefunden. Obwohl sie rund geschliffen und echt glatt sind, springen und hüpfen die Jungen von einem Felsstück zum nächsten, werden richtig übermütig. Sie kommen immer höher. Super!
„Ohne das tiefe Profil meiner neuen Schuhe würde ich das nie schaffen!" stellt Josias zufrieden fest. „Los, weiter rauf!"

Aber es ist heiß geworden, die Sonne knallt heftig auf die Felsen. Klettern und Springen werden mühsam.

„Ich habe keine Lust mehr. Mir ist es zu heiß!" Amir stoppt. „Ich gehe wieder runter und suche mir Schatten. Unten warte ich auf euch."
„Ich gehe auch mit." „Und ich auch."
So ist ihre Kletterpartie in der großen Mittagshitze beendet. Sie steigen hinab bis zum Fuß des Felsens und suchen einen schattigen Ort, aber da finden sie keinen.
„Wir werden jetzt gebraten und dann vertrocknet", muntert Josias sie lässig auf. „Ist doch mal was anderes, oder?"

In letzter Sekunde aber kommt Rettung! Said entdeckt einen senkrechten Spalt im Felsen. Gerade so breit, dass sie sich hineinquetschen können. Endlich Kühle! Aber sehen können sie nichts, ihre Augen müssen sich erst an die Dunkelheit gewöhnen.
„Taschenlampen raus!" Gut, dass sie sie mitgenommen haben.

Noch kommt ein wenig Licht von draußen herein. Vorsichtig tasten sie sich im Schein der Taschenlampen vorwärts. „Halt", schreit Said entsetzt, „Stopp!"
Im hellen Schein seiner Taschenlampe machen sie eine gefährliche Entdeckung: Drei Skorpione auf dem Boden. „Nicht weiter gehen! Das hätte aber schön ins Auge gehen können. Ich zeige euch, was passiert wäre."
Mit der Schlaufe seiner Taschenlampe berührt er einen der Skorpione, und schon schnellt der Schwanz mit dem gefährlichen Giftstachel nach oben. „Der Stich hätte gesessen!"

Im Licht ihrer Taschenlampen erkennen sie bald eine kleine Halle mit weiteren niedrigen Gängen. Sind da nicht Spuren am Boden? Tierspuren. Von wem aber? Said kann sie nicht erkennen, weil es so viele sind und sie sich überlagern.

„Kommt, wir gehen ihnen nach. Wer hier hereingekommen ist, ging auch wieder hinaus. Uns kann also nichts passieren", beruhigt er sie.
Oh, es ist spannend. Oder sollen sie nicht doch lieber wieder umkehren? Vielleicht sind die, die hier Zuflucht gesucht haben alle in einem tiefen Loch verschwunden. Oder jemand hat sie verzaubert!?

So ganz wohl ist allen nicht, aber keiner gibt es zu. Endlich ein Abenteuer! Und sie sind die Helden.
Einer muss den Weg beleuchten, während die beiden anderen die Wände mit ihren Lichtkegeln abtasten. Nichts Besonderes zu entdecken.

Hier in der Höhle sind die Turbane lästig. Sie brauchen sie nicht und wickeln sie ab. Aber wohin damit? Josias bindet seinen einfach um den Bauch und steckt das Ende fest. So können sie diese geheimnisvolle Welt viel besser wahrnehmen. Sie müssen weiter und entscheiden sich für den Gang rechts, der noch die meisten Spuren hat, aber die werden weniger.

Da, sie zucken zusammen. Ein Skelett. Mitten auf dem Weg. Es versperrt ihnen fast den Durchgang, das Skelett einer Hornviper! Ganz deutlich sind die beiden Hörnchen zu erkennen.
„Die hat hier Kühle vor der Sommerhitze gesucht und ist gestorben", sagt Said, „Wer weiß, warum. Wir sollten doch wieder zurückgehen."
„Nur noch ein kleines Stückchen, durch das nächste Tor". Josias ist entschlossen zu mehr Abenteuern.

Als sie die Wände auch hier absuchen, machen sie eine weitere furchtbare Entdeckung: Auf einem kleinen Felsvorsprung liegt ein Schädel!
„Der ist von einem Menschen. Die Zähne sehen so echt aus", flüstert Said. Er ist ganz leise aus Angst, er könne den Toten wecken. „Und da drüben noch einer!"
Niemand wagt einen Laut. Beängstigende Stille. Ja, Totenstille. Sie wagen kaum zu atmen.
Als sie dicht neben sich einen Haufen mit Knochen entdecken, geraten sie in Panik. Irgendwo knackt es und noch einmal.

Sie wollen jetzt nur hinaus. Weg von diesem unheimlichen Ort. Wer weiß denn, was ihnen da noch alles begegnet? Bestimmt schwirren nun die Geister der Toten aufgeregt herum, sind aufgeschreckt von den ungebetenen Gästen und werden sie bestrafen. Vielleicht können die auch zaubern und behalten sie hier als Fledermäuse zu ihrer Unterhaltung. Nein, sie wollen vorher raus, nichts wie fort.

Aber wo ist der Ausgang? Es gibt mehrere Gänge, doch sie haben sich vor lauter Tatendrang nicht gemerkt, durch welchen sie gekommen sind. Verwirrende Spuren gibt es überall.
Wenn nun giftige oder gefährliche Tiere aufgeschreckt werden und angreifen, wenn die Batterien ausgehen, wenn Gespenster geweckt werden, eine Wasserflut hereinstürzt, die Toten aufwachen, dann sind sie verloren!
Lauter Horrorgedanken.

Said ist der Erste, der diese entsetzliche Stille durchbricht. Ganz cool, ruhig und bestimmt sagt er: „Wir sehen jetzt erst einmal, wohin dieser Gang führt. Amir, du wartest hier." Er tut so, als sei er ganz stark und sicher. Das brauchen die anderen jetzt. Aber Amir zittert vor Angst. „Hier allein? Mit den Schädeln? Den schwebenden Geistern? Wenn nun die beiden den Weg nicht mehr zurück finden? Nein das tut er nicht."

In diesem Moment glaubt Said, dort hinten die verweste Hornviper zu sehen. Er macht einen Schritt auf diesen Gang zu und sieht sie tatsächlich.
Sind sie gerettet? Voller Angst und Abscheu schreiten sie langsam hinüber und dann mit einem großen Schritt darüber hinweg, als könnte sie jeden Moment aufspringen und sie angreifen.

„Vorsicht, die Skorpione!" Auch das schaffen sie noch.
Dass Amir seine Taschenlampe aus Versehen fallen lässt und dabei die Birne zerbricht, ist nun nicht mehr schlimm. Sie sehen das Licht des Ausgangs, sind erlöst von ihrer Todesangst und wollen nur noch zum Lager zurück.

Wie alles kam

Nach dem Abendessen holt Tarek sein Transistorradio heraus. Er muss endlich wieder einmal Nachrichten hören. Den örtlichen Sender kann man hier gerade noch bekommen.
„Gestern in aller Frühe wurden am Brunnen Bidon....", da stellt er das Radio ganz laut, so dass es alle hören können, „die Entführer einer Touristengruppe von der Polizei gefasst. Es handelt sich um die schon lange gesuchte Gruppe um den Chef Charly, seine beiden Kumpane und die Helfer. Sie wurden gefasst, als sie die Entführten in ihr Versteck in die Tassilo Berge transportieren wollten, um von dort aus ein hohes Lösegeld zu erpressen. Der Hinweis, der zu ihrer Festnahme führte, kam aus der Bevölkerung, Schon lange war eine hohe Belohnungssumme ausgesetzt worden."

Kaum ist die Nachricht zu Ende, da bricht ein Jubel in der Familie aus. „Endlich!" kann Khalil nur sagen, „Endlich. Nun ist alles vorbei. Ich bin frei. Ich gehöre wieder zu euch. Jetzt bleibe ich für immer hier!"

Khalil ist einfach nur glücklich. Er ist befreit! Und nun kann er auch reden. Zwei Tage ist er schon hier, aber er konnte noch nicht über sich sprechen und was alles geschehen war. Aus Angst. So kam ihm Amirs Frage gerade recht:

„Warum bist Du eigentlich zu den Banditen gegangen?" möchte er wissen.
„Amir, das ist eine lange Geschichte. Aber wenn ihr wollt, dann erzähle ich, wie alles kam." Er nimmt ein Stöckchen und

stochert in der Glut, so dass dicke Funken hoch in die Luft springen.

„Wartet noch einen Moment" Er muss sich erst überlegen, wie er beginnen soll. Es gibt so viel zu berichten, und seine Gedanken scheinen zurück zu wandern, Jahre um Jahre.

Alle lauschen gespannt. Josias rückt dicht an seinen Vater heran. Da fühlt er sich geborgen. Sicher wird die Geschichte nun spannend, vielleicht abenteuerlich, gefährlich, traurig?

Bevor er anfängt, holt Khalil tief Luft. „Das herumziehende Nomadenleben mit euch hatte ich damals einfach satt. Ich wollte in die Stadt, wollte Geld verdienen, wollte ein Moped, wollte ein Radio haben. Wie die Stadtjungen wollte ich Jeans tragen. Bei euch durfte und konnte ich das alles nicht, und da bin ich einfach abgehauen.

Vater, ich weiß, dass ich euch großen Kummer bereitet habe. Es war mir damals aber egal. Ich hoffte auf das große Glück, und wollte später in einem glitzernden Auto zu euch zurückkommen."

„Und dann, wie wurdest du ein Bandit?" Manchmal hat Said ja auch solche Gedanken. Ungeduldig will er wissen, wie die Geschichte weitergeht.

„Aber ich bekam selten Arbeit, hatte kaum Geld zum Leben und schlief nachts auf den Straßen bei den Bettlern. Jahre lang. Als stolzer Targi hättest du das nicht sehen dürfen, Vater.

Nicht selten fragte ich mich, ob ich nicht doch wieder zu euch zurückkehren sollte, aber dazu war ich zu stolz und auch zu ärmlich und heruntergekommen und fürchtete, ihr könntet mich verstoßen. Dann wäre der Weg zu euch für immer verbaut. Aber das wollte ich auf keinen Fall."

Er macht eine lange Pause, bevor er weiter erzählen kann.
„Dann kam eines Tages ein gut gekleideter Mann in Jeans und glänzender Jacke zu uns ins Straßenlager, setzte sich zu uns, und wir redeten lange miteinander. „Ich gehe jetzt essen. Hat jemand Lust mitzukommen?" fragte er so nebenbei und stand auf. Und ob ich Lust hatte. Schon lange hatte ich mich nicht mehr richtig satt gegessen.

In einem schönen Restaurant gab es Sachen, die ich noch nie gesehen hatte. Ich aß, bis ich fast platzte. Wer weiß, wann ich so etwas wieder bekommen würde. Der Typ hatte natürlich seine genauen Pläne: „Das kannst du immer haben, wenn du bei mir arbeitest", lockte er mich. „Wir verdienen viel Geld, meine zwei Kumpel und ich. Wir schaffen es nicht mehr allein, und deshalb suche ich ein paar Helfer."
„Und was muss ich tun?" Das wollte ich zwar wissen, aber es war mir egal, Hauptsache ich könnte Geld verdienen und raus aus diesem Hungerleben.
„Du musst nur ein bisschen kochen können und auf ein paar Leute aufpassen." Und ob ich das wollte. So landete ich bei dieser Bande zusammen mit noch vier anderen Kerlen, die er sich genauso angelte.
Wir mussten Touristen in eine Falle locken, die die Chefs dann beraubten. Später kam das Kidnappen dazu. Sie nahmen Touristen als Geiseln, versteckten sie in den Bergen, und wir mussten sie bewachen und verpflegen, bis das hohe Lösegeld gezahlt war".
Ungeduldig wollte Amir nun wissen: "Und warum bist du nicht irgendwann abgehauen?"
„Das hört sich so einfach an, ging aber überhaupt nicht. Einer von denen bewachte uns ständig mit geladenem Gewehr. Sie hätten jeden von uns glatt umgelegt und drohten außerdem,

unsere Familien zu vernichten. Die waren so brutal und hätten es glatt getan. Auch Ihr wäret dann dran gewesen. Stell dir das mal vor!"

„Aber was hat das mit unserem weißen Mehari zu tun?", will der Großvater nun wissen.
„Ganz einfach. Der gierige Boss hat es auf ein stolzes weißes, kostbares Reitkamel abgesehen. Er hat zwar ein dickes Auto, aber bei den Einheimischen, das weißt du doch, gilt der am meisten, der auf einem solchen Kamel angeritten kommt.
Er hat in Erfahrung gebracht, dass weit und breit nur deins in Frage kommt. Also war ich dran.
„Du bist der richtige Mann dafür. Du weißt am besten Bescheid", sagte er mir eines Tages. Und seine Morddrohungen waren so scharf, dass ich zusammen mit meinem Kumpel Hassan nicht anders konnte. So geschah es. Mir blieb nichts anderes übrig, als seinem Befehl zu gehorchen. Das einzige, was ich für euch tun konnte, war, Said in der ersten Höhle nicht gefangen zu halten. Ich hatte ihn erkannt und gehofft, dass er seine Chance wahrnimmt.

Als ich am nächsten Tag euch beide sah, Tarek und Omar, brach für mich die böse Welt zusammen. Ich glaubte ganz fest, dass Allah uns hilft.
Und nun bin ich hier. Ich bin wieder zu Hause, und ihr habt mich aufgenommen!"

„Nicht so stürmisch, junger Mann!"

Müde und gelangweilt liegen die Kamele in der Nähe des Lagers. Sie kauen, glotzen in die Gegend, geben hin und wieder rülpsend-gurgelnde Töne von sich. „Das hört sich aber gar nicht appetitlich an", findet Josias und verzieht sein Gesicht, „Ich glaube, das braune hier vorne muss sich gleich übergeben."
„Bestimmt nicht, das hört sich nur so an, tun sie immer, wenn sie viel gefressen haben." Amir kennt es und hört es gar nicht mehr.
„Ich habe nicht gewusst, dass Kamele so viele verschiedene Fellfarben haben. Dieses hier ist richtig dunkelbraun. Und das kostbare Mehari ist weiß." „Ja, und dazwischen hat fast jedes eine andere Beigefarbe. Und jetzt musst du raten, warum sie diese Farben haben." „Weil da vielleicht die Sonne nicht so stark durch geht? Ich weiß es nicht. Verrat es mir".
„Nein, das tue ich nicht. Du kommst selbst drauf. Es gab eine Zeit, da hatten sie die Menschen noch nicht gezähmt. Sie waren wild. Und es gab noch viele andere hungrige wilde Tiere. Nun stell dir vor, sie seien knallrot oder blitzeblau gewesen."
„Ich würde das aber sehr lustig finden", meint Josias verschmitzt. „Schade, dass es das nicht gibt. Aber klar, dann hätten die hungrigen Tiere sie schnell entdeckt und gefressen. Vielleicht wären sie dann ausgestorben, und es gäbe jetzt keine mehr." „Genau! Wusste ich doch: Du bist einfach ein schlaues Kerlchen".
Aber jetzt geht es weiter. Denk mal an all die anderen Wüstentiere und welche Farben die haben!"

In Gedanken geht sie Josias durch: Gazellen, Ziegen, Schafe, der Leguan, die Hornviper, Spinnen hatte er gesehen, von gelblichen Schakalen gehört.
„Stimmt", sagte er als fiele es ihm wie Schuppen von den Augen. „Die haben alle keine auffälligen, bunten Farben. Die sind ja alle irgendwie so wie die Wüste gefärbt, gelblich-beige. Manche haben sogar mehrere Braunfarben. Die Hornviper war richtig gesprenkelt. Im Geröll hätte man sie überhaupt nicht entdecken können. Fast hätten wir sie ja auch nicht gesehen! Und der Leguan. Der war neben den Steinen wirklich prima getarnt. Die Natur ist doch genial."

Josias` Vater kommt hinzu. Er hatte die Jungen reden hören.
„Überhaupt sind alle Tiere hier sehr genügsam und so angepasst, dass sie in der extremen Hitze mit der Pflanzenarmut und der Wasserknappheit, dem Sand, den Steinen gut überleben können.
Seht euch den Fuß des weißen Kamels an. Und vergleicht es mit dem des dunklen." Zuerst können sie keinen großen Unterschied feststellen, aber Amir entdeckt, dass das weiße Kamel längere Beine hat und schmalere Füße. „Die anderen Kamele haben kürzere und viel breitere Füße mit dicken Lederpolstern, die beim Auftreten breit auseinander gehen", stellt Amir fest.
„Das ist wichtig, weil sie ganz langsam gehen und dabei noch schwere Lasten tragen müssen. Beim Auftreten gehen diese Ballen breit auseinander, damit das Kamel nicht tief in den weichen Sand einsinkt. Das schnelle Rennkamel braucht den Sand nur flüchtig berühren, muss aber für die Geschwindigkeit große Schritte machen können.

Ist euch die Form der Blätter an Büschen und Bäumen aufgefallen?" „Mir nicht", gesteht Amir und findet das auch unwichtig. „Was ist denn da schon Besonderes? Die sind einfach kleiner oder schmaler. Ich hab hier keine Lust mehr." Er steht auf und geht. Er weiß das doch alles.

Klar, er kennt es, aber ob er sich schon einmal Gedanken gemacht hat, warum das alles so ist?
Für Josias ist alles neu, und deshalb will er auch eine Menge wissen und findet es spannend, wenn er etwas Besonderes erfährt. „Sieh mal dahinten. Stell dir vor, die Tamariske hätte ganz breite Blätter und mittags brennt die Sonne glühend heiß!"
„Prima, dann hätten die Tiere viel Schatten und wären froh." Josias kommt sich sehr schlau vor und erwartet, dass der Vater das auch so sieht. „Nicht schlecht gedacht, aber die Blätter würden einfach verbrennen oder gleich austrocknen. Sie sind schmal, weil das dann nicht passieren kann. Manche haben dazu noch eine ganz dicke Wachsschicht oder sind behaart, alles zu ihrem Schutz, zum Überleben."

Amir kommt im Eiltempo zurückgesprungen. Er hofft, dass das Gequatsche endlich aufgehört hat. „Onkel Omar hat mir was Tolles versprochen. Ich verrate es dir aber erst, wenn du mitkommst." Er will seinen Freund für sich haben, und keine Belehrungen von Vater Friedrich.
So schlendern die beiden Freunde davon, die Arme fest um die Schultern geschlungen. Sie setzen sich hinter das große Zelt in den Schatten. „Wir dürfen nachher auf den Kamelen mit zur Tränke kommen. Er hat uns erlaubt zu reiten. Ich will auf jeden Fall ein Rennkamel. Ich will nicht mit einem lahmen

Lastkamel latschen. Wir reiten dann um die Wette. Du machst doch mit? Mal sehen, wer Erster wird."
Ach, ist das Leben doch schön!

Sie sind schon lange vor der verabredeten Zeit bei den Kamelen. Es gibt heftige Diskussionen, wer welches Kamel nimmt. Natürlich kommen für die beiden Jungen nur die Rennkamele in Frage. Ist doch klar.
Aber wer nimmt das weiße? Jeder will es haben. Von ihm versprechen sie sich höchste Geschwindigkeit. Endlich mal so richtig abhauen!!
„Brauchen wir auch eine Gerte, damit es ordentlich loszischt?"
Josias hat zu Hause noch nicht einmal auf einem Pferd gesessen, aber er stellt es sich sehr einfach vor. Da setzt man sich drauf, schlägt mit dem Stöckchen, und es jagt los. Das muss doch himmlisch sein!
Dann kommt der Onkel, bringt auch die beiden Väter mit. Für Osman ist es nichts Besonderes, aber ein kleiner Ausflug am kühlen Abend ist nach einem heißen Tag mit Faulenzen nicht schlecht.
Das weiße Mehari! Es ist der Mittelpunkt. „Gut, dass du wieder da bist", sagt Omar zu ihm und streichelt liebevoll seine weichen Backen.
„Das weiße Kamel bekommt Said, denn es kennt ihn. Bei Fremden könnte es bockig werden".
Osman gibt klare Anweisungen. Meckern gibt es nicht.
„Amir, Suleika ist deins. Josias kann die brave Aisha haben. Friedrich, für dich ist seine Mutter Sirin, das helle da hinten, gerade richtig. Osman, und du bekommst Ali."

Josias und sein Vater müssen einen Sattel haben, denn bei den Dromedaren, denen mit nur einem Höcker, den meisten hier in

Afrika, muss man das Reiten geübt haben. Sonst rutscht man ohne Sattel nach vorne auf den Hals. Also holen die Jungen zwei einfache aus dem Zelt.

„Das sollen richtige Sättel sein?" „Was denkst Du denn? Oder willst du etwa einen Damensattel, so einen mit einem breiten, weichen Kissen drauf, auf dem du sogar im Schneidersitz thronen kannst? Dieser ist sportlich und nur für harte Männer!" Josias ist skeptisch, aber das mit den harten Männern gefällt ihm, auch dass da überall bunte Bänder flattern, mit gestickten Mustern und Glöckchen und Quasten. Das ist doch lustig. Die Sitzfläche ist nicht groß, hat aber eine Wolldecke darauf.

Vater Friedrich sieht gleich und ist froh, dass sie, die beiden Neulinge, keine Rennkamele bekommen haben. Aber er sagt nichts. Josias hat vor lauter Freude und Aufregung nicht darauf geachtet.

Die Kamele sitzen noch. Als die beiden Sättel festgezurrt sind, steigt Josias zum ersten Mal auf ein sitzendes Kamel, das nun erst aufstehen muss. Ach, du meine Güte.

Omar schnalzt und gibt ihm einen kleinen Klaps. Es tut sich nichts. Wieder ein Klaps, aber stärker. Das Kamel gibt Töne von sich, die zeigen: Nein, ich will jetzt nicht. Es schüttelt sich, so dass Josias ins Schwanken kommt und er sich an den vorderen Sattelstangen festhalten muss.

Das fängt ja gut an.

Als Omar dem Kamel einen heftigen Schlag versetzt, schießt es mit seinem Hinterteil in die Höhe, so dass Josias mitsamt dem Sattel nach oben fliegt und vorn auf dem Hals landet und von da gleich wieder zurück geworfen wird, als sich das Kamel sofort auch vorne erhebt. Das war hart. Und das bei der braven Aisha. Ihm reicht es erst einmal.

„Die Füße musst du vorn auf dem Hals kreuzen, dann hast du es fest im Griff und bist sein Boss", Amir weiß das natürlich und gibt jetzt ganz schön an. „Nur wenn du es antreiben willst, dann gib ihm einen leichten Druck mit den Fersen, aber nicht zu fest, sonst saust es los."

Nacheinander stehen alle Kamele auf, gleich oder auch widerwillig. Die Karawane setzt sich in Bewegung.
„Mann, ist das lahm", denkt Josias bald. Er wollte doch galoppieren und mit Amir um die Wette rennen! Aber eigentlich ist er doch froh, dass er da oben ruhig sitzen kann.
„Wie sieht die Welt von hier oben doch ganz anders aus. Einfach klasse." Die geflochtenen Lederzügel hält er wie ein Dressurreiter zur Olympiade, reitet mit geradem Oberkörper und hoch erhobenem Kopf.
Vater Friedrich ist mächtig stolz auf seinen Sohn: „Ein stolzer Targi könnte es nicht besser machen", denkt er.
So reiten sie eine Weile. Die Kamele schaukeln leicht wiegend von einer Seite zur anderen, gleichzeitig mit Vorder- und Hinterbein. Wüstenschiffe werden sie auch genannt, die im Sandmeer auf und ab wogen.

Noch brennt die Sonne. Die heiße Luft steht. Windstille.
„Ich will aber nicht nur so langsam dahin trotteln", ruft Josias seinem Freund zu, der vor ihm reitet. „Du doch auch nicht, oder? Komm, wir reiten schon mal vor. Fang du an."
„Spinnst du? Bleib ja in der Reihe. Wenn wir jetzt abhauen, aus der Reihe tanzen, dann gibt es ein Chaos. Die anderen spielen verrückt und geraten in Panik. Das kennen die nämlich nicht. Und außerdem ist dahinten bei dem Baum schon der Brunnen".
„Naja, dann eben nicht", mault Josias.

Es ist nur ein Wasserloch, aber mit Steinen gefasst und so vor dem Versanden geschützt. Daneben liegt ein ausgehöhlter Baumstamm als Trog.
Die Reiter springen von ihren Kamelen hinunter und lassen sie laufen. Natürlich passiert es wieder Josias. Er springt mitten auf einen dicken Kamelhaufen. Aber der ist zum Glück sehr trocken und stinkt nicht. „Der Platz hier ist ein echter Misthaufen, ein richtiges Kamelklo", denkt er. „Viele Kamele müssen hier nach langer Wanderung zum ersten Mal gestoppt haben. Vielleicht wollten sie Platz schaffen in ihrem Bauch für lebensnotwendiges Wasser."

Omar und Osman werfen sofort die beiden an Seilen gebundenen Plastikeimer in den Brunnen und holen sie schwer gefüllt mit Wasser hoch. Als das Wasser in hohem Bogen in den Baumstamm geschüttet wird, drängeln sich alle Kamele darum, stürzen sich wie Verdurstende darauf und saufen gierig. Im Nu ist die Tränke leer. Die beiden Männer kommen kaum nach, sind außer Atem. Schon haben sie sicher zehn Eimer geschöpft. Aber das reicht noch lange nicht.

„Könnt ihr euch vorstellen, dass ein Kamel bis zu 200 Liter Wasser in 15 Minuten trinken kann? Die verstaut es dann in drei verschiedenen Mägen, nicht in seinem Höcker. Da drin ist nämlich die Fettreserve für Hungerzeiten. Aber dann kann es auch wochenlang ohne Futter auskommen", weiß Said.
„Dann können wir hier unser Nachtlager aufschlagen, wenn alle so viel trinken müssen und es ewig dauert", Josias ist richtig ungeduldig. „Lasst mich auch mal an einen Eimer."
Mit Karacho lässt er ihn in die Tiefe sausen. Da plumpst er dumpf auf und füllt sich, aber jetzt das Hochhieven! Es ist unvorstellbar schwer für ihn, und es dauert.

Inzwischen haben die Kamele den Trog wieder leergetrunken, ein paar haben genug, drehen ab und laufen auf die Gräser in der Nähe zu.

„Die dürfen sie fressen", sagt Osman, „Die sind gerade richtig, jetzt wo sie ausgehungert sind. Sie sind nicht ganz so fett. Wenn sie jetzt nach dem vielen Trinken die Gräser von den Tissulet Bergen fressen würden, dann bekämen sie Durchfall."

„Was? Kamele und Durchfall!" Zu komisch. Das kann Josias sich nicht vorstellen.

Er geht zum weißen Mehari und klopft ihm freundschaftlich auf das Hinterteil. Dabei macht er eine Entdeckung, die ihn erschreckt. Das weiße Kamel hat zwei Zeichen am linken Oberschenkel, eingebrannt! Zwei gerade Striche, zwei Schlängellinien, ein Kreis, eine Krone mit Strich darunter. Welche Tierquälerei! „Warum hat es das, und was bedeutet es? Hatte es beim Einbrennen große Schmerzen?" Josias verzieht sein Gesicht vor Entsetzen, als bekäme er selbst ein Zeichen eingebrannt.

Aber Omar fasst liebevoll auf die Narben und streichelt sie. „Nein, das tat nicht weh. Es sind Brandzeichen, die die kostbaren Kamele bekommen. Eins ist vom Vorbesitzer, das andere ist unser Familienzeichen. Und wenn wir es verkaufen würden, dann bekäme es wieder eins. Bevor man das heiße Brenneisen auflegt, wird die Stelle mit einer scharfen Tinktur eingerieben, die betäubt. Es ist für das Kamel also nicht schlimm."

Leichtsinn in den Dünen

Auf dem Hinweg hatte Josias einen großen Wunsch und geht nun zu Omar. „Darf ich jetzt auch auf einem großen, einem Rennkamel, reiten?"
Er hat doch festgestellt, dass er ein lahmes Lastkamel bekommen hatte. „Du traust dir das also zu. Gut, aber bleib bei den anderen und halte dich fest."
Nachdem sie den Sattel ausgetauscht und den Gurt festgezogen haben, setzt sich Josias bloß mal zur Probe auf das neue Kamel. Er hält die Zügel fest in den Händen. „Du brauchst nur ganz leicht daran zu ziehen, dann geht es schon los. Sie gehen durch den Ring in den empfindlichen Nüstern. Damit zeigst du ihm die Richtung, nach rechts oder links. Zieh nur ganz sanft. Wenn du stark daran ziehst, dann tut es ihm weh. Also, Vorsicht."
Plötzlich sehen sie etwas in der Ferne, was sie den Atem stocken lässt.
„Hilfe!" schreit Said und zeigt auf die große Düne.
Ein Jeep schießt mit großer Geschwindigkeit in einer Sandwolke über den Dünenkamm hinweg, landet auf dem Abhang und gleitet weiter. Und noch eins! Dann das dritte.
„Touristen!" Alle starren vor Schreck gebannt hinüber. „Das da sind verrückte Leute, die etwas Gefährliches erleben wollen, damit sie zu Hause angeben können."
O Schreck! Sie sehen, wie das letzte Auto auch über das Ziel hinaus schießt, aber nicht gerade aufkommt, sondern sich überschlägt und weiter kugelt. Es landet schließlich auf seinem Dach in einer kleinen Vertiefung. Peng! Aus.
Sofort halten die anderen Autos, die Männer springen hinaus und rennen zur Unglücksstelle. Von weitem kann man

erkennen, wie sie nun versuchen, den Jeep zu bewegen, ihn zu drehen. Aber sie schaffen es nicht.

„Los, wir müssen helfen". Omar schwingt sich auf sein Kamel und saust davon. Kamele sind Herdentiere, und wenn eines in Hektik startet, wittern die anderen eine Gefahr und rennen hinterher.
So war es für Josias natürlich nicht geplant. Aber weil er gerade die Zügel fest in seinen Händen hat und sich an den Sattelstangen festhalten kann, passiert nichts, als auch sein Kamel loszischt. Nach einer Schrecksekunde fühlt er sich wie ein echter Wüstensohn. Da macht es nichts, dass der Staub in einer dichten Wolke um ihn aufwirbelt. Abenteuer pur. Super!

Tarek, der Onkel, und Said haben es gerade auch noch geschafft, sich auf die Kamele zu schwingen. Alle stoppen dicht vor dem Unglücksauto.
Hier sind die Helfer gerade dabei, vorsichtig eine Tür zu öffnen, um den Fahrer heraus zu holen. Nur der sitzt drin, denn es ist das Versorgungsauto. Alle Türen sind verklemmt, die Scheiben gesplittert. Der Mann stöhnt. Blut strömt aus tiefen Schnittwunden.
Zum Glück lässt sich eine Tür quietschend, aber gut öffnen. Ganz vorsichtig ziehen sie den Verletzten heraus. Schnell werden nun seine Wunden verbunden.
Gemeinsam gelingt es ihnen, den Jeep wieder auf die Räder zu drehen. Aber fünf Wassertanks sind zerdrückt, die Öltanks geborsten. Wasser und Öl vermischen sich und versickern im Sand.
„Die Glasscherben, die müssen wir aber noch einsammeln. Sie verrotten nicht. Und niemand will, dass sich Tiere daran

verletzen." Das ist Omars eindringliche Bitte, sogar Befehl. Und alle helfen.

Als einer der Touristen versucht, das verunglückte Auto zu starten, stellen sie mit großer Erleichterung fest:
"Wir können weiter fahren!" Vorsichtig brechen sie noch die lockeren Glassplitter aus der Windschutzscheibe heraus und setzen sich dann langsam fahrend in Bewegung. Wer weiß, wann sie nun an ihrem Ziel ankommen werden.

Es ist spät geworden. Die Sonne versinkt als glühend roter Ball hinter der Großen Düne, dem Großen Erg. Es wird schnell dunkel, und sie sind noch weit vom Lager entfernt. So treibt Osman sein Kamel zum Trab an.
„Alles o.k.?" fragt er nach hinten. „Na klar", antwortet Josias, der mit lauter Stimme seine aufkommende Angst versteckt.
Bald reiten sie ganz im Dunkeln.
Die Kamele werden schneller. Auch das noch! Wie werden sie den Weg finden? Josias kann keinen Weg, keine Spur erkennen. Der Mond ist noch kaum zu sehen.

Sein Kamel wird langsamer. Nur nicht abgehängt werden. Aber er sitzt fest im Sattel und hält die Zügel locker mit beiden Händen. Da stoppt Omar, schert aus der Reihe aus und schließt sich hinter Josias wieder an die Reihe an. Hatte er dessen Angst gespürt? Er ist so erleichtert. Nun kann nichts mehr passieren. Er ist nicht mehr der Letzte.

Die Kamele nehmen Tempo auf. Wahrscheinlich zieht es sie nach Hause. Sie kennen den Weg hier über Geröll und Kies. Der Mond allein leuchtet ihnen und die Sterne.
Die Dünen, die Felsen am Horizont liegen im blassen Licht.

Es ist kühl geworden, doch Josias schwitzt, vor Aufregung und Anstrengung. Aber er ist glücklich. Er reitet wie die anderen, und sein Kamel gehorcht. Hatte er nicht von einem solchen Ritt geträumt? Ihm ist, als fliege er durch die kühle Nacht. Weiter, weiter, bis ans Ende der Welt. Es sollte nie aufhören!

Aber irgendwann leuchtet in der Ferne ein Feuer. Die Familie wartet schon. Die Kinder laufen ihnen entgegen und empfangen sie mit lautem Juhe.

Die Kamele brauchen sich nun nicht erst mühsam zu setzen. Die Reiter sind sportlich und springen von oben hinunter. Die Sättel werden gelöst und herunter genommen, die Vorderbeine, wie immer, zusammengebunden. „Eigentlich grausam", findet Josias wieder, „Die würden nun doch lieber ohne Last auf und davon rennen, ihrem Futterplatz entgegen."

Nur schwer kann er sich von seinem Kamel trennen, das ihn mit großen Augen anschaut als wolle es sagen: „Es war schön mit Dir. Bleib bei mir." Er stellt sich auf die Zehenspitzen, streichelt die weichen Lippen ganz zart und sagt: „ Ich komme wieder". Er gibt ihm noch einen freundschaftlichen Klaps und schlendert dann nachdenklich zu den anderen ans Lagerfeuer.

Das Kamel aber humpelt hinter den anderen her in die Dunkelheit hinaus.

Der letzte Abend

Auf dem Tablett stehen schon viele kleine Gläser. In hohem Bogen gießt Tarek aus dem blauen Emailkessel süßen, heißen Tee hinein. Jeder bekommt ein Glas, auch die Kleinen heute Abend.
„Au", schreit Amir plötzlich in die feierliche Stimmung hinein, „Heiß!" und lässt vor Schreck sein Glas fallen, das auf einen Stein knallt und in tausend Stücke zerbricht. „Das kommt davon, wenn man zu gierig ist, mein Freund! Den Tee schlürft man nur ganz langsam und muss ihn genießen! Das weißt du eigentlich!" Er knufft seinen Vater, „War zu heiß! Kann doch mal passieren."

Das Feuer in der Mitte des Lagerplatzes ist heruntergebrannt. Schon seit Stunden schmort an einem drehbaren Spieß ein Hammel, den der Großvater extra für das Abschiedsfest geschlachtet hat. Prall und glänzend leuchtet die hellbraune von Fett triefende knusprige Kruste des Bratens. An manchen Stellen ist sie dunkel, fast schwarz. Da, wo sie geplatzt ist, rinnt heißes Fett heraus.
„Amir und Josias, kommt und passt auf den Braten auf", ruft die Großmutter ihnen freundlich zu. Sie weiß, dass Jungen das mögen. „Dreht aber nicht zu schnell."

Den ganzen Nachmittag hindurch haben die Frauen das Festessen vorbereitet, haben die Suppe mit vielen Kräutern gewürzt, die Hirse quellen lassen, den Hammel mit besonderen Gewürzen bestreut.

Khalil und Tarek holen nun den schweren Suppenkessel aus dem Küchenzelt. Die Suppe ist sehr heiß. Sie müssen vorsichtig sein. Weiße Dampfschwaden ziehen nach oben.
Aida teilt das Essgeschirr aus, eine Schüssel und ein Löffel für jeden. Josias läuft schon das Wasser im Mund zusammen. Er kennt ja Großmutters Suppen. Sie waren meist so gut, dass er immer viel mehr aß, als zu Hause. Heute aber muss er Platz lassen für den Spießbraten, der noch über der Glut brutzelt.

„Alle sind fertig", sagt der Großvater schließlich, „Gebt mir den Braten zum Teilen."
Es ist ein feierlicher Moment, wenn er das große Messer nimmt und beginnt, das Fleisch zu zerlegen.
Josias hat schon ein dickes knuspriges Stück ausgespäht. Das möchte er haben und flüstert Amir verschmitzt ins Ohr: „Meinst du, ich kann das dicke Stück in der Mitte, mit der braunen Fettkruste haben, das viereckige mit dem vielen Fleisch darunter?" „Aber genau das möchte ich auch!"
So, und nun?
Sie stehen leise auf und gehen zum Großvater. Der soll entscheiden. Er zwinkert ihnen zu:
"Setzt euch nur. Wartet ab."

Zu einem Fest gehört loderndes Feuer. Said holt Zweige und Äste, die er nun mit Schwung auf die Glut wirft. Funken sprühen nach allen Seiten. Flammen schießen hoch in die Luft. Sie züngeln und tanzen im Wind. Es knistert und knackt überall. Keiner redet. Um sie herum ist große Stille. Grau und fahl liegen die Dünen, Kies, Geröllflächen, und die Berge in der Ferne sind weiter im blassen Mondlicht.

Währenddessen teilt der Großvater das Fleisch aus. Jeder geht zu ihm und hält seine Schüssel hin, ist zufrieden mit dem, was er bekommt. Und er gibt reichlich.
Für Josias und Amir teilt er das Lieblingsstück und gibt noch reichlich von anderem dazu. Ihr Problem ist gelöst. Was für ein Großvater!
Anschließend holt sich jeder bei Aida seine Portion Hirse. Alle scheinen das Festessen zu genießen.

Da! Josias zuckt zusammen und lässt vor Schreck fast seine Schüssel fallen. In der Ferne heult eine Hyäne, dann noch eine. Muss er sich fürchten oder sich freuen, dass nun ein letztes Abenteuer passiert?
„Alles o.k.", beruhigt ihn Said. „Hyänen sind feige. Sie haben Angst vor Feuer. Und hauen bald ab."

Es ist kalt geworden. Die Nachtkühle legt sich wie ein Schleier über die Wüste. Aus der leichten Brise wird ein Wind. Er lässt die Flammen flackern und pustet allen beißenden Rauch ins Gesicht.
Josias friert, holt sich seinen Schlafsack aus dem Zelt und zippt ihn auf. „Komm, Amir, wir kuscheln uns beide hinein."

Eigentlich sind sie todmüde, aber sie sind hellwach, als Khalil und Tarek zwei Blechkanister aus dem Küchenzelt holen. Ganz leise beginnen sie mit ihren Händen darauf zu trommeln, werden lauter, umspielen ihre Takte, scheinen richtig mit einander zu reden. Gespenstisch scheint es Josias, wie die Töne in die leere Nacht hinaus fliegen. Er schaut hinauf zum Himmel. Funkeln die Sterne heute nicht besonders strahlend?

Wieder denkt er an die Pharaonen, die ihn genau so erlebt haben wie auch er jetzt. Das hat er nun mit ihnen gemeinsam. Cool, das zu fühlen!
Da, eine Sternschnuppe und noch eine! Insgeheim wünscht er sich, dass er wieder kommen darf.

Es ist spät. „Ihr müsst jetzt schlafen gehen. Morgen müssen wir sehr früh aufstehen. Schlaft gut", ruft ihnen Vater Friedrich nach.
Said bleibt noch draußen. Er ist ja auch älter. Doch ehe sie im Zelt verschwinden, sehen sie, wie Omar aufsteht und sich im Takt der Trommeln bewegt. Leise beginnt er zu singen, Melodien, die Josias fremd klingen. Auch Said macht mit. Dann schließen sich Osman und Friedrich an.

Die beiden Jungen aber wollen nur noch im Zelt in ihre warmen Schlafsäcke kriechen und schlafen. Die Trommeln hören sie schon nicht mehr. Sie sind bald eingeschlafen.

„Wir kommen wieder!"

Es ist noch dunkel, als Osman die beiden Jungen aus tiefem Schlaf weckt. „Aufstehen, ihr beiden. Das Frühstück ist fertig!" Schade! Josias hatte gerade von einem Flug mit dem Kamel um die Erde geträumt.
Aber dann geht alles sehr schnell. Die warmen Sachen hatten sie schon am Abend vorher zurechtgelegt. Alles andere wird irgendwie in den Rucksack gestopft. Fertig.
Nun sind sie knallwach.
Aida hat schon früh knusprige Fladen gebacken. „Wann sie wohl aufgestanden ist? Vielleicht mitten in der Nacht. Schrecklich". Es gibt auch schon heißen Tee. Das ist prima, denn alle frösteln. Da sind der warme Pullover und der Anorak gerade richtig. In Deutschland werden sie beides ohnehin brauchen.

Der Abschied ist kurz, aber sehr herzlich.
Schon springt der Motor an. Aus dem Auto heraus ruft Amir noch: „Bis bald in Deutschland, Said. Du hast es versprochen."

„Ich komme wieder!" ruft Josias, aber seine Stimme wird von dem ohrenbetäubenden Aufheulen des Jeeps übertönt. Schnell wirft er Said noch sein Feuerzeug zu. Dann brausen sie los.

Eine riesige Staubwolke wirbelt auf und lässt die bunten Tücher der Frauen in der Ferne verblassen.

Über die Autorin:

Heide Weber lebt in Beilstein bei Stuttgart. Sie hat zwei Töchter und acht Enkelkinder.

34 Jahre unterrichtete sie als Gymnasiallehrerin Geographie und Englisch und unternahm Reisen in viele Länder der Erde.